*Um Táxi para
Viena d'Áustria*

Outras obras do autor

UM CÃO UIVANDO PARA A LUA
Gernasa, 1972 / 3ª edição: Ática, 1979 / 4ª edição: Record, 2002.
Traduzido para o espanhol (Argentina).

OS HOMENS DOS PÉS REDONDOS
Francisco Alves, 1973 / 3ª edição: Record, 1999.

ESSA TERRA
Ática, 1976 / 20ª edição: Record, 2005.
Traduzido para o francês, inglês, italiano, alemão, holandês, hebraico
e espanhol (Cuba).

CARTA AO BISPO
Ática, 1979 / 3ª edição: Record, 2005.

ADEUS, VELHO
Ática, 1981 / 5ª edição: Record, 2005.

BALADA DA INFÂNCIA PERDIDA
Nova Fronteira, 1986 / 2ª edição: Record, 1999.
Traduzido para o inglês. Prêmio de Romance do Ano do PEN Clube do
Brasil (1987).

UM TÁXI PARA VIENA D'ÁUSTRIA
Companhia das Letras, 1991 / 5ª edição: Record, 2002.
Traduzido para o francês.

O CENTRO DAS NOSSAS DESATENÇÕES
RioArte/Relume-Dumará, 1996 – esgotado.

O CACHORRO E O LOBO
Record, 1997.
Traduzido para o francês. Prêmio *Hors-Concours* de Romance
(obra publicada) da União Brasileira de Escritores (1998).

O CIRCO NO BRASIL
Funarte/Atração, 1998.

MENINOS, EU CONTO
Record, 1999.
Contos traduzidos para o espanhol (Argentina, México, Uruguai), francês
(Canadá e França), inglês (Estados Unidos), alemão e búlgaro.

MEU QUERIDO CANIBAL
Record, 2000.
Traduzido para o espanhol (Espanha).

O NOBRE SEQUESTRADOR
Record, 2003.

Antônio Torres

Um Táxi para Viena d'Áustria

9ª edição

EDITORA RECORD
RIO DE JANEIRO • SÃO PAULO
2013

CIP-Brasil. Catalogação na fonte
Sindicato Nacional dos Editores de Livros, RJ.

T643t
9ª ed.
Torres, Antônio, 1940-
  Um táxi para Viena d'Áustria / Antônio Torres.
  – 9ª ed. – Rio de Janeiro: Record, 2013.

  ISBN 978-85-01-06243-7

  1. Romance brasileiro. I. Título.

01-0303
CDD – 869.93
CDU – 869.0(81)-3

Copyright © 2001 by Antônio Torres

Capa: Victor Burton

Texto revisado segundo o novo Acordo Ortográfico da Língua Portuguesa.

Direitos exclusivos desta edição reservados pela
DISTRIBUIDORA RECORD DE SERVIÇOS DE IMPRENSA S.A.
Rua Argentina 171 – Rio de Janeiro, RJ – 20921-380 – Tel.: 2585-2000

Impresso no Brasil

ISBN 978-85-01-06243-7

Seja um leitor preferencial Record.
Cadastre-se e receba informações sobre nossos
lançamentos e nossas promoções.

EDITORA AFILIADA

Atendimento e venda direta ao leitor:
mdireto@record.com.br ou (21) 2585-2002.

I
OCORRÊNCIAS

(Durante o ensaio geral para a Guerra das Garrafas)

1. Atenção

Neste exato momento há um indivíduo descendo apressado pelas escadas do edifício nº 3 da rua Visconde de Pirajá, Ipanema, aqui no Rio de Janeiro. De que será que ele está fugindo? Ainda não sabemos. Nada de pânico. Por enquanto, tudo parece normal. Nenhum alarme. Nenhum grito. Ninguém soltando os cachorros. Pode ser apenas um desses paranoicos que têm medo de elevador. Ou um inofensivo quarentão enferrujado, na vã esperança de perder um centímetro de barriga. Pode ser tudo e pode não ser nada. Cada maluco com a sua maluquice. De certo mesmo só que ele vem do último andar. Correndo.

Corre, campeão.

2. Coisas de Amador

Até prova em contrário, os claustrófobos e os barrigudos de canelas enferrujadas não são dados a correrias de quem foi mordido nos calcanhares pelo medo. Esse sujeito está muito esquisito. Alguma ele fez.

Bata aí no seu computador: PSII.

Traduza: Perfeito Suposto Impostor Invisível.

Acrescente: Amador.

Se fosse profissional, teria tomado o elevador, de cara limpa. Profissional mata a mãe e vai à praia, numa boa.

Pelo sim, pelo não, convém ficar de olho.

Polícia!

No momento a nossa polícia tem mais o que fazer, ali na esquina.

3. Profissional Faz Assim

Em primeiro lugar, é absolutamente necessário que o candidato preencha todos os requisitos exigidos pelos atuais padrões do mercado.

Tais como: boa aparência, guarda-roupa impecável, bom nível cultural, perfeito domínio de línguas estrangeiras (objetivo deste item: hotéis de luxo, apartamentos alugados por temporada a turistas internacionais e residências de diplomatas e outros servidores dos mais diversos países com os quais temos relações políticas e comerciais).

Em resumo: é indispensável um porte cosmopolita de alto executivo, que possa ser confundido tanto com um presidente de companhia estatal quanto com um ministro ou diretor de marketing de empresa multinacional. Gente fina. No idioma dos porteiros: doutor. Não se esqueça de que eles são o seu principal obstáculo.

Ainda ontem, às sete e meia da manhã, um grupo de seis homens com esse perfil adentrou um supervigiado edifício residencial típico de zona sul — e se deu bem.

O que ia na frente cumprimentou educadamente o porteiro, que mal teve tempo de dizer o clássico "bom dia, doutor", antes de perceber que estava dominado.

E assim, com bons modos e naturalidade, todo o pessoal em serviço foi controlado e trancafiado nas dependências do zelador, em cuja porta um deles montou guarda. O resto dividiu-se em outras tarefas estratégicas, agindo com precisão militar.

Toda a ação não demorou mais do que uns trinta minutos, contados no relógio.

Tinham na mira apenas três apartamentos, banhados a ouro e forrados a dólar. Mas não dispensaram um bom carregamento em prata legítima.

Terminado o serviço, abriram a porta do zelador e convocaram o garagista, com quem pegaram as chaves dos dois carros mais reluzentes e mais à altura de seus portes. Depois voltaram a trancá-lo no mesmo depósito e foram embora.

Calmamente.

— Eram tão educados — disse uma das senhoras assaltadas, já refeita do susto e de bom humor. — Como fiquei muito nervosa, um deles mandou outro buscar um copo d'água pra mim. E até comentou os livros da minha biblioteca e disse que também gostava muito de ler. Imagine um ladrão brasileiro que te assalta falando em Cervantes, Machado de Assis, Shakespeare, Proust, Flaubert e nas *Mil e uma noites*. Quem diria!

— A senhora já deu queixa à polícia?

— Pra quê? Ladrões como esses nunca vão ser apanhados.

Ela devia saber o que estava dizendo.

Na verdade, os três proprietários assaltados fizeram apenas um mero registro de rotina das ocorrências, sem entrar em pormenores sobre os seus pertences roubados. Os escolhidos pelos assaltantes são altos dirigentes nacionais. Ia pegar mal se declarassem o quanto tinham estocado em casa, em ouro, dólar e prata.

Além do vexame perante a Receita Federal e a opinião pública, iam passar por otários. Valores desse nível não se guardam em casa, meus prezados. Depositam-se num cofre-forte chamado Bahamas, a mais franca zona tropical. Vocês sabem, não sabem?

4. Evidências

Ele (o Solitário Artista Amador da Escada) está desempregado.

Mais suspeito, impossível.

5. Barra Limpa

Incrível como ainda tem gente que não acredita em forças superiores como, por exemplo, a dos astros. É o caso do nosso Campeão de Salto aos Degraus. Se tivesse consultado o horóscopo de hoje, poderia evitar todo esse esforço, perigoso e inútil. Perigoso, porque ele pode tropeçar, cair e se machucar seriamente. Também pode ser acometido de uma síncope, aquilo que no popular se chama fefa. Sei lá, esse sujeito, já de uma certa idade, botando as tripas pela boca escada abaixo, não só causa estranheza como preocupação. Acho que em vez de polícia a gente vai ter que chamar é um médico, de maca e tudo.

Calma, cidadão. Devagar, majestade. Vai tirar o pai da forca? Toda essa correria é inútil, eu já disse. Por que não deu uma lida no seu horóscopo antes? Teria sabido que o 3 é o seu número de sorte. Veja a coincidência: edifício nº 3. Apartamento nº 1003 — foi de lá que você saiu, ah, isso foi. E daí? E daí é que, para a sua sorte, neste exato momento a portaria está às moscas e o prédio entregue às baratas. Todo mundo foi pra rua.

O nº 3 está a maior limpeza.

6. Pausa para uma Coca

Como eu ia dizendo, não se avexe. Há preocupações maiores para esta tarde, aqui no pedaço. Você foi salvo da curiosidade pública e privada por um caminhão da Coca-Cola que capotou há instantes ali na esquina, justinho onde a rua Canning desemboca na Gomes Carneiro, bem no calcanhar desta nossa Visconde de Pirajá. E aí, veio todo mundo ver — ora, direis, carioca não adora amenidades? Faz ajuntamento até pra ficar olhando conserto de buraco.

Imagine o caos: uma garganta por onde escoam três ruas, no sentido de Copacabana, completamente bloqueada por engradados, garrafas e cacos. E a (previsível) multidão atrapalhando mais ainda. E a polícia já descendo o cacete na pivetada que avança sobre as garrafas aproveitáveis. E toda aquela trilha sonora que a gente tanto aprecia. Fonfom. Pipiiiiiiiiiiiii.

Nas tardes de Ipanema há um céu azul demais. E arranha-céus que daqui a pouco podem ficar da cor dos engradados da Coca-Cola. Vermelhões. Vem fogo aí.

7. Fala o Povo

Já estão dizendo que o motorista da Coca-Cola está drogado. Cheiradão.

Eta meu povo.

Um Táxi para Viena d'Áustria

Mas há também quem diga, aliviando um pouco a barra, que ele está apenas de porre.

Não tem que aliviar nada, não.

Cana!

E o desastrado ainda tem o topete de partir pro bate-boca com a justa, armando a maior confa, complicando muito mais o lado dele. Era só o que faltava. Infrator e metido a galo cego.

Pau nele.

Das duas, três: ou vai morrer com uma grana preta pros da lei, tipo passe aí o salário do resto da sua vida, ou vai em cana, ou perde o emprego, ou tudo junto, pra nunca mais fazer a besteira de dar prejuízo à nossa Indústria & Comércio (que, como todo mundo está cansado de saber, é quem garante o leite das crianças e a cachaça dessa laia irresponsável), e nem never more aporrinhar o juízo dos nascidos em Santa Impaciência, esses impávidos componentes da nossa colossal banda motorizada e de sensibilidade à flor da buzina, e nem arrastar mais pra rua nossas respeitáveis donas de casa (calcule os danos causados ao Ibope dos programas televisivos vespertinos. Vamos, faça os cálculos de todas as perdas em níveis psicológicos, sociais, culturais e econômicos e veja se não tenho razão). Chega de tumulto, quizumba, pandemônio numa tarde azul demais, na qual ali adiante uma areia morna, fofa e sensual espera que a gente tire os sapatos, relaxe e goze — e aí surge um sacana dopadão e atrapalha tudo. Pura sujeira. Cana! Pobre (e ainda por cima malcomportado) tem mais é que se foder. Só otário (nosso popular loque, trouxa, monga, débil, burro) nasce pobre, cresce pobre e etc. até morrer... pobre! Portanto, meu prezado sr. Motorista-Drogado-ou-de-Porre-ou-Drogado-e-Como-se-Não-Bastasse-Também-de-Porre-do-Caminhão-Capotado-da-Coca-Cola:

— Tu pensas que foi muita sorte sair com vida deste acidente? Pois pensavas. Burro e azarado, é o que tu és. Sorte mesmo seria teres partido desta para outra melhor, levando junto a tua congênita pobreza.

8. Ultimato

— Eu só me entrego diante das câmaras — disse o motorista. — Sem televisão, não dá.

9. Gritos e Sussurros

Cesse tudo o que a Musa antiga canta, que outro valor mais alto se alevanta.

É alto mesmo, louro e de olhos azuis. Um colosso olímpico.

Ai, tragam os meus sais, sussurram as tias velhas de Ipanema.

Suspirem, gatinhas do meu Brasil brasileiro, meu mulato inzoneiro.

Se quando abrir a boca ele cantar em inglês, no mais perfeito "accent" nova-iorquino, aí é que vai haver desmaios.

Calma, gente boa. Por favor, não atrapalhem os trabalhos. Colaborem.

Em tempo: trata-se apenas de um belo exemplar da tribo ipanemense, que vai à luta armado unicamente de uma minúscula sunga que lhe cobre as vergonhas. Um suado atleta vespertino, que vinha andando calmamente para casa, a fim de pegar uma ducha. E qual não foi sua surpresa ao tropeçar num monte de caco de vidro, crioulos e polícia.

E atenção, meninas. Ele vai se manifestar. Em português claro, firme, categórico.

Curto e grosso.

— Não leva ele, não, porra.

Isto é o que os especialistas em assuntos de guerra chamariam de Agente Complicador. Calcule aí o cagaço da polícia. Vai mais, vai mais, garotinho.

— Vocês prendem e depois soltam. Isso não adianta nada. Deixem ele com a gente. Deixa comigo. Eu sei como agir com filhos da puta como este. Nas minhas mãos ele nunca mais vai fazer cagada pelas ruas.

— Oh, meu anjo exterminador. Que peito!

Aleluia. Finalmente um machoman no nosso pedaço ultra light.

Coro:

— Lincha. Lincha. Lincha.

É. Eu não queria estar na pele desse motorista.

10. Universo em Desencanto

Senhora de fino trato mira-se no espelhinho do seu carro e passa as mãos nos cabelos, ajeitando-os cuidadosamente. Tudo indica que ela está voltando do cabeleireiro e que o seu caprichadíssimo penteado já não se mantém intacto. Como o trânsito continua parado, ela aproveita o tempo, tentando refazer o que o movimento do carro desfez. Olha-se e reolha-se. E ajeita-se e volta a ajeitar-se. Instintivamente, percebe que está sendo observada por outra mulher, na janela ao lado. Vira-se para ela e comenta:

— Toda essa confusão só por causa de umas garrafinhas quebradas? Ai, que pobreza.

— É — disse a outra. — Se pelo menos fosse um caminhão de cocaína...

As duas riram muito de suas próprias piadas.

11. Essa não Refresca

E olha lá a turma do morro querendo descer, e só Deus sabe com que propósitos.

Um Táxi para Viena d'Áustria

E o morro mora ao lado. Se descer mesmo, como é que vai ficar? Vai caber todo mundo na nossa garganta?

O expedito pelotão das bombas de gás já está a caminho.

E já ouço ao longe o toque das sirenes. Também chamaram o pronto-socorro? Tudo em cima.

Quem teve medo ou preguiça de vir pra rua se pendurou nas janelas.

Cá embaixo disputa-se a tapa um gole de Coca-Cola, para refrescar.

E das janelas jorra água sobre os naturais de Santa Impaciência. (Graças a Deus todos têm uma capota para proteger suas cabecinhas coroadas de tensão e pressa.)

Os comerciantes da área já cerraram as suas portas. Seguro morreu de velho.

O pau vai comer solto, amigo ouvinte. A cobra vai fumar.

Prepare o seu coração para muita emoção.

É hoje. Dentro de alguns instantes entra no ar um espetáculo para ninguém botar defeito. Ação. Suspense. Terror. Cenas de violência explícita.

Finalmente. Chegou. Agora no Brasil. A Ipanema Pictures orgulhosamente apresenta, com sangue, suor e sufoco,

A GUERRA DAS GARRAFAS

(Salve-se quem puder.)

12. Ensaio Geral

Vem de lá uma garrafa.
Vai de cá uma pedrada.
Pipoca um balaço
e lá vamos pro espaço.

13. Guerra é Guerra

Eu quero mamãe.
E uma casa no campo.
Quero um amor, um sorriso e uma flor.
Para onde foram aquelas menininhas de tranças, que tocavam piano tão docemente nas tardes de Ipanema?
Quero tropeçar num bêbado genial, como os de antigamente — mas neste momento todos os bares estão repletos de homens vazios.
E o poeta que disse isso não mora mais aqui.
Ele virou nome de rua e me abandonou numa garganta engarrafada.
Poetas, seresteiros, namorados, correi. Lá vem bala.
Todos ao mar — esse marzão besta que Deus nos deu e que ainda não aterraram e ainda é de graça e não me perguntem qual foi o milagre.
É preciso navegar até as costas d'África, enquanto me projeto nos vossos cascos, aqui em terra, como um ma-

rinheiro embriagado que nasceu fora de tempo e lugar e perdeu o navio.

Quero um dia de luz, festa do sol, um barquinho a deslizar, no macio azul do mar.

Por que esqueceram de me avisar que hoje à tarde ia ter um caminhão da Coca-Cola atrapalhando o tráfego? É isso aí. It's the real thing. É pau, é pedra, é o fim do caminho. É um caminhão atravessado, engarrafando o verão.

Moro na zona sul. Quero o mar.

E não essas ruas interrompidas, selvagens — esse beco sem saída.

E também quero ver se os jornais vão ter coragem de sair amanhã com uma manchetona assim:

ACIDENTE DA COCA-COLA
FOI PROVOCADO PELA PEPSI

Sim, meninos. Um passarinho me contou que por trás disso tudo tem um golpe inenarrável. Uma armação transatlântica. Tem mutreta na parada.

Mas você acha mesmo, mister, que tudo não passa de uma nova estratégia de marketing da Pepsi-Cola? Certo, aqui no Brasil a Coca-Cola sempre deu um banho na Pepsi, mas, meu Deus, quem iria imaginar um contra-ataque desses? Pensando melhor, esse espanto é de somenos. Concorrência é concorrência, queridinhos. Admitamos: que investida mercadológica da pesada. Coisa de profissional. Essa é do Rambo! Bota competência e audácia nisso. Drogar um motorista para denegrir o concorrente. Engarrafar o trânsito. Insuflar o povo. Chamar a polícia. Convocar a imprensa. Isso é que é um "must". "Nosso produto não consegue vender tanto quanto o deles? Combateremos à sombra." Briga de mercado é isso aí. Acaba em caco de vidro e sangue nas ruas.

Quem vai pagar a conta? Adivinha, otário!

Por falar nisso, que foi feito do meu Audaz Panaca Provável Impostor Expert em Cooper de Escada?

Continua no seu combate. Contra os degraus.

14. Alerta Estadual

— Evitar a rua.

— Verificar as condições de segurança de portas e janelas.

— Instalar vidraças à prova de balas.*

---

* Advertência velada sobre "os nossos irmãos de cor".
No popular: cuidado com a negrada.
Insinuação veementemente desmentida pelas autoridades.
Não existe racismo no Brasil, segundo essas mesmas autoridades.

15. Comunicado Federal

Tudo sob controle. Reina a mais absoluta tranquilidade em todo o país.

16. Balanço

Os lá de cima não desceram em peso, como temíamos. Graças a Deus.

Não devem gostar de soft drinks.

Preferiram dar uma dormidinha, no bem-bom de seus barracos, poupando energias para logo mais.

Só vieram as crianças.

Que já sabem dar pernada e atirar pedra como gente grande.

Senti firmeza. Essa turma promete.

Os cá de baixo vão ter que se ajoelhar e rezar um milhão de pais-nossos e ave-marias para são Benedito e outro milhão para são Sebastião do Rio de Janeiro.

Numa contagem assim por alto, calcula-se que os lá de cima já somam mais de dois milhões. Tudo preto e pobre, mas mais armados do que os brancos cá de baixo.

Quer dizer: munição pesada, sofisticadíssima.

O nosso morro é bem moderno, cara, saca?

Confira aí se o seu passaporte está em dia, para quando esse pessoal resolver acordar.

E se manda rapidinho pro Galeão.

Boa viagem.

(Enquanto isso, o trânsito continua engarrafado.)

17. Honra ao Mérito

E quando tudo converge para "um feixe de imagens fraturadas, batidas pelo sol", cenas triviais de uma agonia prenunciada, sem espuma nem qualquer possibilidade de consolo, onde tudo reflui, sufoca e bandalha, um homem corre. Como um ladrão.

Ignora-se quem seja e por que corre.

Simplesmente ele vem correndo para a fronteira de uma região chamada tumulto.

Registre-se, a bem da verdade, que ele aguentou firme degrau por degrau, lance por lance de escada.

Nossos aplausos, meu prezado — como é mesmo o nome dele?

18. Decepção

Nenhuma câmara na porta a esperá-lo.

Retiro os aplausos.

19. Desculpe Qualquer Coisa

Chegou.

E já vai passando pela porta.

Sim, é evidente, claríssimo, que ele está assustado.

Está na cara.

Mas há um mistério: não tem nada nas mãos. E parece não levar nos bolsos mais do que uns trocados e os documentos.

Nenhum arranhão, manchas, rasgões, nada.

Seja o que for que tenha cometido, se deu bem.

Pôde ganhar a rua tranquilamente. No meio da multidão todo mundo é invisível.

Pela inquietação com que se move, parece não acreditar nisso.

Também parece não se dar conta das ocorrências à nossa volta. Deve ser refratário a mortos e feridos.

Mas Deus existe e é motorista de táxi.

Acena para Deus, que o espera, sem pressa, bem em frente da porta.

Ele não é o Senhor dos aflitos?

A vida há de continuar, aqui e em outros lugares, desde que se consiga um táxi a tempo e a hora.

Ainda não sabe que Deus não está dirigindo o trânsito.

Entra no táxi.

Recosta-se no banco traseiro.

Estica as pernas e flexiona os dedos dos pés.

Se Deus fosse japonês, agora lhe faria uma boa massagem. E ainda lhe espetaria umas agulhas em todo o seu corpo dolorido.

Crispa os dedos das mãos. Instintivamente o indicador da mão direita se movimenta como se fosse apertar um gatilho.

Move o pescoço e tenta avistar o último andar do prédio de onde saiu correndo. Não consegue. Seu campo de visão é exíguo. Desvia os olhos rapidamente para o outro lado, depois para trás e para a frente. Tudo parado. Não vê nisso nada de anormal. Apenas se lembra que ainda não disse ao motorista para onde quer ir. O motorista também não lhe perguntou nada. Estranha essa falta de atenção. Mas a verdade é que não sabe para onde vai. Ainda não se decidiu. Diz apenas, procurando ganhar tempo:

— Toca em frente.

Volta a recostar-se no banco do táxi. Sente-se cansado e com sono. Hum, uma cama agora, hein, amigão? Dormir, dormir, dormir e acordar a milhões de quilômetros daqui. Como era mesmo aquela música? "Minha mãe, eu vou pra Lua/ eu mais a minha mulher." Começa a sentir um troço esquisito por dentro. Uma saudade, talvez. Da mulher. Dos filhos. Chega mesmo a ouvir uma voz de mulher, chamando-o. Ora do quarto. Ora da cozinha. Ora do escritório. Era uma voz longínqua, mas agradável. Isto é, porque não estava zangada. Ouve os meninos: "Oi, pai. Oi, paizão. Você chegou?" Voltar ou não voltar. Eis

Um Táxi para Viena d'Áustria   25

a questão. Ele os deixou há poucas horas, mas já parecia tanto tempo. Agora não fazia a menor ideia de quando voltaria a vê-los e nem se algum dia iria ter coragem de procurá-los. Alguma coisa se rompeu. Houve um corte, uma ruptura. Alguma coisa drástica aconteceu. Mas o que foi que aconteceu? Saudade de um sofá maior e mais confortável do que o banco traseiro de um táxi, onde pudesse estirar todo o seu cansaço. E de uma ducha quente. E dos seus livros. E de uma cueca lavada. E dos seus discos. Ah, o velho e bom som do jazz negro americano, que nunca se cansava de ouvir, religiosamente, entre um cantante brasileiro e outro, em madrugadas insones e embriagadas. Aquilo sim é que era viagem e não uma corrida de táxi sem destino.

Por que se embriagava tanto de jazz? Porque era o estilo perfeito da meia-noite, para o desempregado (era o seu caso) que não precisava acordar cedo e há muito perdera o sono. O som a um só tempo selvagem, como o uísque, e refinado, como o vinho. Rude e delicado, como um incerto e temperamental amigo chamado Cabralzinho, um que quando estava sóbrio não matava uma mosca, por delicadeza, mas quando bebia espancava mulheres e apanhava dos homens, até sangrar. Aos ouvidos desse Cabralzinho, o que entrava melhor era um chorinho. Às vezes um bolero, um samba-canção, menos em certas horas trôpegas, em que ele estava mais para um tango argentino. Cada música tem o seu momento, dirão os programadores de todas as rádios do planeta. Há aquele instante em que você liga o rádio à procura da canção que lembre a garota com quem você saiu na noite anterior. Mas, pela manhã, bom mesmo é um rock, para você pegar o pique e ir à luta cheio de garra, passando por cima de todo mundo que lhe atravesse o caminho. Já à meia-noite... jazz tudo, no silêncio entrecortado por gemidos que vêm das cavernas urbanas, uivos remotos de forçados que um dia se extenuaram como cães nos campos de trabalho escravo, os pés na América e o coração numa selva africana, para fazer a noite doer. A música de fundo que sustenta as imagens que vêm dos subterrâneos e vão subindo, verticais, em frente da sua janela, seja qual for a cidade onde você esteja. Porque toda cidade é um caixote que produz música. Às vezes terna, lírica, sentimental. Às vezes, como uma vertigem. Alucinante. Como o jazz. A música para a idade adulta. O som de uma meia-noite de lua cheia, ainda que invisível. E bêbada. E drogada. A melhor trilha para um filme policial.

Ia ter agora de viver sem os seus discos e as suas fitas? Sem aquelas duas, especialmente estas, com as dezesseis interpretações diferentes de "Round midnight"? "Round about midnight", ou *midnite*, sem o *gh*, como estava numa capa de Charlie Parker. Por volta da meia-noite. Adeus, Thelonious Monk, o autor de "Round midnight". Bye-bye, Miles Davis, todos os trompetes havidos e a haver. O que uivava, lancinante, para um luar inexistente. Mú-

Um Táxi para Viena d'Áustria 27

sica, maestro. Para acalmar essa coceirinha crônica em seus ouvidos. Onde estaria na próxima meia-noite? Numa caverna, debaixo de uma ponte ou num porão da polícia? Onde encostar os costados esta noite e dormir? Deitar-se. Adormecer. Sonhar. E acordar numa bela manhã. "Bom dia, dona fulana. Bom dia, seu sicrano. Já viram que céu incrível, que luz inenarrável? Vamos todos para a praia. A vida é bela, viver é natural, Deus até que nos fez bonitos. Se ficamos feios, a culpa não terá sido nossa?" Aí vocês vão responder: feio foi o que você fez. Meu Deus! De que estão falando? Então já sabem? Já saiu no jornal? Deu no rádio e na televisão? Para onde vocês vão, com essa pressa toda? Vão chamar a polícia? Esperem! Por favor. Vou explicar. Está a fim de escutar? Zum-zum-zum, blá-blá-blá, cadê o papo? Ouça, está disposto a ouvir? Vamos conversar? Tudo bem. Um dia a gente se fala.

O que foi mesmo que aconteceu? O que iria lhe acontecer? Talvez escrevesse um livro, contando tudo. Mas pra quê? Melhor é ligar a tevê. Para crer. Tevê é que nem Igreja messiânica — a solução japonesa para o nosso penado mundo ocidental. A fé transistorizada. Click-click. Rá. Arigatô.

Escrever um livro? Mas onde? No banco traseiro de um táxi? Para se escrever um livro era preciso algo mais. Mesa, cadeira, papel, casa, dinheiro, comida, emprego, dinheiro, dinheiro, dinheiro para pagar as contas, e birita, que ninguém é de ferro. E silêncio, exílio e astúcia, como dizia um famoso irlandês, aquele que legou à posteridade um baú bem pesado, um caixão cujas alças ainda queimam nas mãos dos seus pósteros, ah, ainda mais essa: ter de enterrar, de uma vez por todas, esse tal de James Joyce. E não é que era preciso fazer o mesmo com um certo Machado de Assis e o indefectível João Guimarães Rosa? Tomar a mesma drástica providência em relação aos esquifes das mimosas almas gêmeas Clarice Lispector-Virginia Woolf? Urgente! Lançar uma bomba sobre a tumba de William Faulkner. Entregar os restos mortais de Fiodor Dostoievski aos urubus. (Tarefa facílima: é só levá-los para Niterói, ali do outro lado da baía de Guanabara. Lá urubu voa de costas.) Enfim, enterrar bem enterrado todos os mortos e assassinar todos os escritores vivos. Que se fodam. Todos. Todo mundo. Quanto a Cabralzinho... bem, deixa esse pra lá.

Passara a vida lendo. E para quê?
Para lembrar-se agora do final de um conto do argentino Jorge Luis Borges. Que terminava assim:

[...] agora era ninguém. Ou melhor, era o outro:
não tinha destino sobre a terra e matara um homem.

Era a história do negro que matou Martín Fierro, um personagem lendário, como o nosso Lampião, talvez. Jamais poderia imaginar que esse continho de pouco

Um Táxi para Viena d'Áustria   29

mais de duas páginas um dia pudesse fazer tanto sentido. Saudade do tempo em que tinha cabeça para ler. Saudade de Cabralzinho, o seu amigo escritor. Personagem que nunca chegou a ser uma lenda, como Martín Fierro ou Borges, mas que agora também descansa em paz, em decúbito dorsal, sobre os tacos da sala de um apartamento na rua Visconde de Pirajá, nº 3, Ipanema. Dedilhando um violão dia após dia, numa bodega nos confins dos pampas, o negro esperou sete anos por Martín Fierro, que havia matado o seu irmão. Já Cabralzinho, que nunca matou ninguém, levou vinte e cinco anos para reencontrar um amigo. Foi tudo tão rápido e inesperado, não foi, Cabralzinho? Desculpe qualquer coisa. Vai com Deus, meu mestre.

O rádio do táxi está tocando uma música lindíssima, que mais parece uma oração para consolar defunto fresco. É a *Missa em dó maior*, de Wolfgang Amadeus Mozart, informa o locutor da FM. Ele se sente numa catedral em Viena d'Áustria, embora não fizesse a menor ideia de como era a catedral de Viena d'Áustria. Excelsa glória. Música. Missa. Mozart. Está ouvindo, Cabralzinho? Ontem à noite havia sonhado com um anjo, que lhe disse: "Por favor, não se entregue." De repente, tem tudo a ver. O anjo saiu de um avião, que explodiu numa noite de lua, num céu do interior. Um espetáculo. De rara beleza — e terror. Ele vinha de um curral, onde fora conferir se o gado ainda brilhava à luz da lua, como antigamente, e perfazia de volta o caminho da casa, cujo oitão caiado também reluzia numa noite estonteantemente prateada. Estava simplesmente refazendo uma trilha da sua infância, quando adorava as noites de lua, pois podia cagar no mato, sem medo do escuro. Absorto em sua caminhada, experimentando uma intraduzível alegria em seu coração, por estar pisando de novo no chão onde nascera, ouviu um ronco sobre a sua cabeça e olhou para o céu. E viu um avião gigantesco entrando numa nuvenzinha que mais parecia um véu. Ao sair da nuvem, descontrolou-se, ora baixando demais uma asa, ora a outra, ou descendo bruscamente e voltando a subir, já começando a pegar fogo. Pensou: "Vai cair. Nem Deus salva este avião." E se jogou no chão, temendo que os destroços o atingissem. Dentro da casa, havia vozes e o barulho de uma máquina de costura. Imaginou que era a sua mãe, trabalhando noites a fio, sob a luz de um candeeiro, como sempre. Depois percebeu que as vozes eram de seus filhos, e que a mulher à máquina de costura era a sua própria — e não a sua mãe.

Viera em busca de um pai e de uma mãe, só para descobrir que eles não existem mais. E não sabia que fora seguido pela mulher e os filhos. É sempre assim: aonde quer que você vá, a família vai atrás. E, a julgar pelas vozes, até que estavam se divertindo com a nova vida no campo. Pelo menos ninguém estava reclamando da falta de televisão, geladeira, liquificador, centrífuga, máquina de lavar roupa, máquina de lavar prato, ferro elétrico, micro-ondas, minicomputador, aparelho de som e tudo o mais. Nem dos mosquitos. Ainda não disseram: oh, isso aqui é tão primitivo! Um avião incendiando-se era uma festa no céu do camponês. Gritou, não para que a mulher e os filhos deixassem a casa e viessem assistir ao espetáculo, mas para que se protegessem, de alguma maneira. Ninguém o escutava. Gritou de novo. E nada. Apavorado, moveu a cabeça e olhou para cima e viu o avião explodir, num estrondo que fez a terra tremer. O céu virou uma imensa bola de fogo, divina e aterradora. Como no fim do mundo.

Teria sido um presságio?

Ah, mas essa música está pedindo um vinho canônico, numa catedral consoladora. Como a de Santo Estêvão, em Viena d'Áustria, onde nunca esteve, mas onde agora todos os anjos do céu já deviam estar no coro, cantando o *Réquiem*, ao vivo e em cores, para completar o clima. Ao piano, Wolfgang Amadeus Mozart, Art Blakey na bateria, Charlie Parker no saxofone, Miles Davis no trompete, nosso Baden Powell ao violão, Charles Mingus no contrabaixo, Sigmund Freud no reco-reco e Cabralzinho no caixão. Sob a regência de ninguém menos que o próprio Deus. Em pessoa.

Adormece.

E, pelo visto, vai poder puxar um ronco de mil e uma noites, pois esse trânsito não vai desencalhar tão cedo.

Essas buzinas não te incomodam?

II
"PRECISO LIGAR PRA CASA. MAS PARA DIZER O QUÊ?"

Marido exemplar, pai extremoso, caráter sem jaça, ex-empregado-padrão e etc. também costuma chegar tarde em casa. Mas avisa antes. Praxe é praxe.

Só que desta vez não ia poder apelar para a manjada desculpa de que havia sido convocado para uma reunião depois do expediente e estas coisas, você sabe, sempre se arrastam, varam o tempo.

Ou aquela outra, às vezes à vera (bom, nem tudo é mentira), de que ia sair com a turma para festejar um colega aniversariante e/ou para comemorar uma grande conquista da firma, através de um trabalho em que esteve envolvido. "O quê? Tudo bem. A gente deixa o cinema para amanhã e depois janta fora. Um beijo."

Desempregados não têm desculpas. Pelo menos desse tipo.

Sempre reclamando dos empregos, a vida inteira — todos um saco! Meu Deus, como era bom estar empregado. Como é bom ter colegas de trabalho.

Ora, nem tudo é futrica, jogo de empurra, ralação, disputa, babação de ovo, mal-educados que te interrompem o tempo todo impacientes e angustiados, carreirismo, entregação, puxação de tapete, pressão, papo furado, chatura, tirarucus brasilienses, arrivismo, tensão, deduragem, carneirismo, cobrança, sacanagem, injustiça e medo de perder o emprego, as doenças mais comuns — e contagiosas — do vínculo empregatício.

No fim do dia sempre sobravam alguns parceiros de fé para uma ralaxante análise de grupo numa mesa da pesada, onde o copo principal transbordava de veneno, um brinde especial para os ausentes mais notáveis. Falar mal dos outros não é profilático? Pau neles. E quando a terapia pós-expediente terminava com uma sessão completa de relaxamento, numa superbanheira de um motel?

Queridas colegas: fodamos o primeiro mandamento da lei trabalhista, que reza:

— Onde se trabalha, não se caralha.

Parágrafo único:

— Onde se ganha o pão, não se come a carne.

Santa Madre Empresa!

Onde enfiar a neura de cada dia?

E a sedução do contrabando?

Durante o horário comercial você papa uma hóstia chamada lucro. À noite, se locupleta numa boceta apelidada de overnight.

Relax and enjoy it.

E me deixe mamar mais um tiquinho em suas tetas.

Faça o favor de jogar um osso para a minha xepa.

Alô, queridas ex-colegas.

Quando a gente volta a se ver?

O quê? Muito ocupadas? Pena.

Saudades imensas.

O que vocês estão fazendo agora? Na zorra de sempre?

Batam um fio pra mim. Por favor, não esqueçam, tá?

Confesso que ainda não morri.

Mas estou tão sozinho.

Desemprego é um saco.

Ainda assim acabo de botar lá dentro. Dei duas sem tirar.

Dois balaços.

Me esporrei todo, meninas.

Acabo de foder um homem, com dois petardos no ventre do dito cujo. Sim, sim, sim. Na barriga. Duas balas fulminantes.

Gozo mesmo é isso aí. Estou em plena forma.

E doido para lhes contar. Prazer mesmo é quando a gente conta, não é? Come-quieto não está com nada.

Vão me dizer que vocês também não se esporram quando contam, pra foder mais ainda o juízo das barangas? Aqui, ó!

Topam tentar ver se sou capaz de engatar uma terceira?

Estou de arma em punho. Aproveitem.

Esse tesão pode acabar.

Alô, senhora ouvinte de casa.

Tudo bem aí? Os meninos já chegaram da escola? Já estava preocupada comigo?

O papo se arrastou, sabe como é. O cara fala como um corno. E o trânsito... Certo, certo: levar pão, queijo, laranja e um quilo de maçã. O que mais? Sal e açúcar. Só que vou me atrasar mais um pouco. Manda aí um dos meninos comprar. Pintou um negócio, sabe? Vou ter outro encontro. Talvez saia um emprego. Quem sabe desta vez não vai dar tudo certo? Faz figa aí. (Bom demais para ser verdade. Logo: inventar outra desculpa.) Alô! Tá sabendo de um engarrafamento-monstro aqui em Ipanema? Está dando na televisão? O quê? Polícia? Tiroteio? Helicópteros? Ambulâncias? Gente morrendo antes de chegar ao hospital? Não, não estou vendo nada, mas tem um barulho de enlouquecer e o trânsito está totalmente parado. Mas não faço a menor ideia do que esteja acontecendo. Deve ser a Proclamação da Monarquia ou os preparativos para o fim do mundo. Ou a volta de Jesus Cristo. Que mais podemos esperar que aconteça neste país maluco? Os meninos estão em casa? (Sempre esta paranoia: e os meninos, e os meninos, e os meninos? Ainda não foi hoje que morreram de susto, bala, atropelamento ou vício? Pai: teu nome é sobressalto.)

Alô! O quê? Minha voz está esquisita? Pelo amor de Deus, deixe de implicância. Só estou esperando o trânsito andar. Bebendo? Não. De jeito nenhum. O que é isso? Não acredita mais em minha palavra? Logo hoje, que decidi

Um Táxi para Viena d'Áustria   39

parar de beber e de fumar? Essa barra eu estou segurando. Bravamente. Pode crer. O quê? Por que estou com essa voz esquisita? Parar de beber e fumar, assim de repente, e tudo ao mesmo tempo, dá nos nervos, não sabia? Pois agora eu sei. Para com isso. Por que voz esquisita tem que ser voz de bêbado? Quer saber mesmo? Acabei de matar um homem. Não estou brincando. Quantas vezes vou ter que jurar que não estou de porre? Matei mesmo. Sim, sim, agora sou um assassino. Um ASSASSINO. Por quê? Vai ver foi porque parei de beber e fumar. Não é um bom motivo para encher a cara? E fumar desbragadamente? Pois não vou fazer nada disso. Estou dando um tempo. Ai, que sono. Acho que já estou dormindo. Estou desacelerando. Será porque parei de beber e fumar? Apareço quando acordar. Ou te ligo, te escrevo, sei lá. Se eu não voltar, arruma os meninos para a escola, como se nada tivesse acontecido. Isto está me cheirando a Cabralzinho. Não te inquietes/ se um dia eu não voltar/ destas longas viagens./ No dia seguinte/ arruma a menina para a escola/ como se nada tivesse acontecido. Não, não: não foi o Cabralzinho quem escreveu estas bem traçadas linhas. Foi o Freitas, nunca te falei dele? Você também não conheceu Cabralzinho, nem ninguém mais da minha turma de São Paulo. Por que será que agora estou me lembrando do Freitinhas, aquela adorável figura de repórter bigodudo, de fala incrivelmente mansa para um homem nascido em Rosário do Sul? Com certeza é porque ele era um bom sujeito que escrevia versos bonitos e os recitava pra gente, depois do terceiro saquê quente na Galeria Metrópole, num bar chamado Mon. E o Cabralzinho apareceu lá uma ou duas vezes, tomou um pileque e saiu de quatro, dizendo para o poeta: "Não te inquietes se eu não acertar o caminho de casa." Vê se tem o telefone do Freitas na minha agenda. Acho que ele está morando agora em Florianópolis ou Camboriú, lá em Santa Catarina. Pintou uma vontade louca de falar com ele, sabe? De perguntar: "Freitinhas, meu bom gaúcho, alguma vez você já se sentiu capaz de matar um homem? Você me daria guarida aí por uns dias? Santa Catarina é um esconderijo seguro para um criminoso? Será que tem emprego pra mim aí? Você escreveu algum poema depois daquele? Queria ler. Por favor, não siga o exemplo do nosso Cabralzinho, que só fez um livro e dançou. Sim, senhor: ele acaba de dançar. Não dá pra te explicar por telefone. Aí eu te conto tudo. Freitas, querido poeta: você ainda está vivo? Era só isso o que eu queria saber. Viver é o melhor remédio? O único? Mesmo que a gente esteja na pior? E matar? Não falo do ponto de vista moral, muito menos filosófico, mas literário, já que este é o seu ramo, poeta. Você ainda se chateia com os caras dos jornais que mexem no seu texto? Ou já se aposentou e não precisa mais se aporrinhar atrás de uma mesa ensebada, com as gavetas cheias de páginas remendadas, os alfarrábios da sua desilusão? Tem saudades do tempo em que tinha colegas de trabalho? E do japonês da

Galeria Metrópole? Faz muito frio em Santa Catarina? Aí você bebe e nunca fica de porre? Dizem que isso aí está cheio de alemão. São bons sujeitos? Já comeu uma alemã? É diferente das nossas, ou na horizontal é tudo igual? Fez um poema pra ela com lindos versos de amor? E ela? Se derreteu toda? Ficou molhadinha? Você ainda resmunga toda vez que suja as mãos ao trocar a fita da máquina de escrever? Ou já aderiu ao computador? Você é feliz? Está contente com o presente? O que você tem a dizer às novas gerações? Tem planos para o futuro? Espero que você não se aborreça com essas perguntas. Era uma pauta mais ou menos assim que eu tinha na cabeça quando fui me encontrar com Cabralzinho. Deu zebra." Alô? Como que não temos o telefone do Freitas? Pelo menos tem aí o da polícia? Nem de um advogado qualquer? Não, não. Não estou falando em desquite. Quero dizer advogado tipo criminalista. Presta atenção, por favor. Se liga. Ei, por que você está chorando? Acha que estou mentindo? Sobre o crime ou sobre a bebida? Entendi. Você está chorando porque acabou de descascar uma cebola. E está puta comigo porque não cheguei a tempo de fazer isso por você. É, marido sempre acaba servindo para alguma coisa. Matar barata, por exemplo. Trocar os sacos do lixo. Encher os vidros d'água. Encarar fila de banco. Em compensação, hoje à noite a cama é toda sua, para você se esparramar à vontade e dormir como um anjo e sonhar os sonhos mais lindos, na sua primeira noite de liberdade. Não é uma maravilha? Aí você deixará o sono vir em ondas — para te possuir, te dominar. Primeiro será a vigília, um estágio não muito tranquilo, porque sua mente estará desperta. Nessa fase, os seus sentidos atuarão para o lado de fora: você ainda estará praticamente acordada. Tudo parece palpável, visível. Você age, atua, bate o maior papo com um monte de gente, tudo assim como se fosse na real. Quem sabe até nesse momento eu apareça. Para te dizer que não foi nada, apenas estou viajando, sem prazo para voltar. E que você podia me dar como morto e tentar provar isso de todas as maneiras. Assim, o apê ficava quitado perante o Sistema Financeiro da Habitação — ainda temos uns cinco anos de prestações pela frente, não temos? Pois será uma despesa a menos e você também poderá conseguir uma pensão de viuvez (ainda existe isso? Não custa averiguar). E não se esqueça do seguro de vida — a apólice está na gaveta, na nossa mesinha de cabeceira, lembre-se — e o resto seja o que Deus quiser e a sua cabeça ajudar. E na terceira noite a "viúva" vai começar a ficar chateada de estar sozinha e aí vai começar a pensar em outro. Quem vai querer uma mulher cheia de filhos? Ohhh! Tem homem de montão que tem preguiça de fazer filho e que dá graças a Deus quando encontra uns já feitos. Acho que você nem vai precisar batalhar muito para agarrar um assim. Alô. Alguém me telefonou? Não? Mas vão telefonar. Com toda certeza. Da polícia, ora. Oferta de emprego é que não será. Lembra quando eu era diretor de não sei o quê, numa agência de propaganda importante? Pois é. Naquele tempo o telefone não parava de tocar. E os presentes, afagos e mimos? Nossas paredes contam a história desse tempo. Quadros e mais quadros de diretores de arte em ascensão. Caixas de vinho branco alemão, de produtores e diretores de filmes publicitários. Ballantines doze anos. Chivas doze anos. Dimple doze anos. Johnny Walker Black Label. De produtores de jingles. Dos fotógrafos. Dos redatores em geral. E mais: discos, fitas, camisas (ser diretor de qualquer merda dá camisa, não dá?), álbuns e livros raros, caros e fantásticos, perfumes franceses, gravatas italianas, quinquilharias decorativas, relíquias, esplêndidas e raríssimas cachaças do interior de Minas, de Natal, da Paraíba, do interior do Brasil: "Ao mestre, com carinho", "Ao chefe, com amor", "Ao fodão, com minha mão no seu colhão". Ganhei até passagem, um monte de dólares e hospedagem para o festival de Cannes, lembra? E no Hotel Martinez, onde uma baguete com salame custava dezesseis dólares e em cujo bar descobri que todos os publicitários do mundo se vestem da mesma maneira, contam as mesmas piadas, são portadores da mesma euforia ansiosa e da mesma sede. E bebem depressa demais, como se todas as garrafas fossem secar no minuto seguinte. Como seus talentos. Percebi também, depois do terceiro copo, que a delegação brasileira era uma das maiores, per capita — acho que era a terceira, logo abaixo dos Estados Unidos e França. E aí concluí que eu havia nascido num país muito rico e não sabia. E quando fui eleito Publicitário do Ano? Ai, nem me lembre. Quanto telex, quanto salamaleque. E as conferências, debates, premiações, congressos nacionais e internacionais, coquetéis, festas, festas e mais festas e o retrato nas colunas especializadas? Hein? O quê? O cara que matei foi aquele que me demitiu? Ou aquele que me negou um emprego, batendo a porta na minha cara, dizendo que estou velho? Não. Desses aí Deus ou Diabo haverão de se encarregar. Quem matei foi o Cabralzinho, já não disse? Um amigo que eu não via há uns vinte anos ou mais — e que não tinha nada a ver com essa história. Aquele que apareceu ontem à noite no canal dois e eu te chamei e disse: "Olha só. Cabralzinho! Esse sujeito foi meu amigo paca. Pensava que já tinha morrido." E aí te contei umas coisas sobre ele e depois corri na estante à procura do livro dele, mas não achei. Que droga, eu disse, muito chateado. Nunca acho o livro que procuro na zorra dessa estante. É sempre assim. E você: "É por causa dessa sua mania babaca de emprestar livro. Quantas vezes já te disse que livro não se empresta?" E aí eu te prometi que ia tentar descobrir o telefone dele, pra ver se ele me arranjava outro exemplar, porque de repente me deu vontade de reler o livro e também queria que você o lesse. Você acha que matei o homem errado? Errado ou certo, agora o meu negócio é matar. E matar e coçar, é só começar. Mas foi um acaso, juro. Uma veneta. Sei lá. E foi um crime beleza. Depois eu te conto com mais detalhes.

Alô! Vamos passear de mãos dadas na praia de Ipanema, para ver o sol se pôr? O dia está lindo. O céu está uma pintura. Isso deu para notar, antes de começar a ver tudo escuro. Será que fiquei cego de repente? Um cego no meio do tiroteio. Ou isso é sono? Há quantos anos você não vê um pôr do sol espelhando no mar, tendo ao fundo a contraluz da montanha? Sei, sei. Você está sempre ocupada na hora do pôr do sol.

Eu te amo mesmo assim.

Diga que me ama, nem que seja mentira.
Alô. Alô. Alô.

Foi a ficha que acabou ou esse táxi não tem telefone?

III
A BARRIGA FALANTE

— Nome?

Pronto, pintou sujeira.

Tudo estava indo tão bem. Bom demais para ser verdade.

Eu dormindo com os anjos do coro de uma missa divina, em pleno horário comercial. Introibo ad altare Deeeei...

Por favor, não perturbem.

Estou levantando voo. Aquele abraço.

Há os que passam e não me olham.

Os que olham e não me veem.

Há os que me fixam na fórmula de uma frase:

— É apenas um bêbado.

(Um bêbado bem-comportado.)

— Deixa pra lá.

Melhor assim. Que bom, ninguém está se incomodando.

Quer dizer, não estava. Agora...

Percebo vozes que fenecem com uma agonia de outono.

Sob a música de um quarto longínquo.

E sonho que estou lendo um poema de T. S. Eliot.

Não, não estou bêbado. Estou apenas estressado. É assim que estou: escornado no banco de um táxi, como um saco de batatas. Mais morto do que vivo. Posso dormir mais um pouquinho? Deixa, vai.

— Nome?

Acho que já disse isso antes, mas vou repetir: quando chegar a Viena d'Áustria, eu mando um cartão-postal, contando tudo. Nome, filiação, local e data de nascimento, estado civil, endereço, profissão, número da carteira de identidade, CPF, tudo, tudo mesmo. Assim não vai doer. Será uma confissão sem tortura.

Agora estou muito cansado. Como então começaria eu a cuspir/ Todo o bagaço de meus dias e caminhos?

— Você é surdo? É mudo?

— Vai falar ou não vai?

— Desembucha logo.

— Você não está querendo colaborar.

— Confessa, sacana.

À voz automática, respondo com uma indiferença desumana.

Humano é meu cansaço. O meu sono.

— Abre o jogo logo. Dá o serviço.

Adivinha quem acaba de se meter na conversa? É, o motorista já está entrando em pânico. Leio isso nos seus pensamentos. Claro que ele não quer encrenca no seu táxi. Não é meu cúmplice nem nada... Não disse que tudo estava bom demais para ser verdade? Até aqui esse motorista parecia nem ter se dado conta da minha presença. Não fez perguntas, não ficou olhando na minha cara, nem me espreitando pelo rabo do olho. Agora, desconfio que ele está me vigiando, através do seu espelho retrovisor. E nem posso chiar. Afinal, foi no seu táxi que encontrei abrigo. Ah, essa música no rádio. Pede um conhaque da santa adega do papa. Estou me sentindo no céu, no altar de Deus, no colo da Virgem Maria. Pena que o motorista esteja começando a ficar desconfiado. Não me atreverei a perguntar-lhe se está me achando com cara de criminoso.

Belo exemplar de tirarucu brasiliense, esse motorista. Pintou uma trolha, vai tirando o dele da reta, rapidinho. Como todos fazem. Todos os tirarucus brasilienses. Mau-caráter. Pusilânime. Hipócrita. Vai ver frequenta uma igreja todos os dias. Como então explicar o seu gosto pela música sacra? Sou capaz de jurar que não passa de um dedo-duro. De minha parte terá cem anos de perdão se não desligar o rádio ou mudar de estação. Estamos viajando em dó maior, o tom sob medida para os torturadores abafarem os gritos dos torturados.

É Viena que me tortura? Viena, Zurique, Paris, Roma, London-London, Frankfurt, Berlim, Nova York, Mozart?

Ai, esses meus olhos de Helena Rubinstein. Mas não me chamo Heleno. Sou um terceiro qualquer coisa... qualquer coisa merencória. Terceiro, terzo, third, tiers. Passageiro de um táxi amarelo de terceira classe. Louco de vontade de chegar logo na fila onde os nativos de Curaçao e do Suriname disputam a tapa uma vaguinha para lavar os canais de Amsterdam.

Por um salário de mil dólares.

Cabralzinho tinha uma bolsa de uma riquíssima Fundação de Artes de São Paulo, que não chegava nem a oitocentos dólares por mês. Será que é ele quem está me torturando?

— Toca em frente. Estou com pressa. Bateu uma fome...

Sol, céu, mar. Meu sentimento é oceânico. É sal, é sol, é sul. Minha visão é atlântica. Vai até a linha do horizonte, na fronteira da nostalgia. E tudo é azul demais — a cor perfeita para se morrer em estado de graça ou para se viver à flor dos poros. Me deixa morar neste azul? Rio de Janeiro, gosto de você. Lamento muito ter que ir embora. Já não me atrevo a morrer à luz dos seus dias. Como o meu amigo Cabralzinho, o que acabou de abotoar o paletó, cheio de dor. Imagine a careta que ele fez. Um horror. Mas antes puxou a cortina. Apagou na penumbra de um apartamento. Eu gostava tanto dele. Por isso o matei. Dá para entender? Não? Paciência. Cabralzinho dava um trato legal à última flor do Lácio, inculta e bela. Era um belo

Um Táxi para Viena d'Áustria   53

escritor. Morreu urrando, como um animal. Meu doce selvagem. Cabralzinho, flor de monturo, rosa do lixo, lírio de sarjeta. Vinte e cinco anos depois reencontrei-o com a alma espetada de espinhos. Cravei-lhe mais dois. Amigo é para essas coisas.

Hoje pela manhã eu ainda não sabia que ia matá-lo.

Quando dei minha caminhada na praia, foi para espairecer e não para me preparar, física e espiritualmente, para um assassinato. Como estou na street, que quer dizer desempregado, o que todo mundo sabe o que significa, tinha tempo demais para pensar. E como pensar é difícil. Dá uma canseira. Depois da caminhada tomei uns chopes, para ver se não pensava mais. À tarde, ia me encontrar com Cabralzinho, para jogar um pouco de conversa fora, me distrair, deixar de pensar, coisa praticamente impossível, para um desempregado. Encontrei o cara numa pior... Se eu soubesse não tinha vindo.

Ele desabou sobre os tacos, na sala, fazendo uma cara que vou te contar. Horripilante. Nunca mais vou me esquecer daquela cara.

Não caiu logo ao ser atingido pela primeira bala. Foi preciso uma segunda, para derrubá-lo. Como se me dissesse:

— Minha cabeça sangra, mas não se dobra.

Cabeça-dura ele sempre foi. Teimoso como uma mula.

Mas se dobrou ao impacto de dois balaços. Ninguém é de ferro. Nem mesmo se chamando José Guilherme Cabral.

Se eu fosse escrever o seu epitáfio, faria assim:

"Aqui jaz um homem que não mediu a sua vida em colherinhas de café. Mediu-a em copos de cachaça e na sola dos seus sapatos. Ele tinha ruas."

Ruas selvagens, apinhadas de carros, rajadas de balas e ainda assim ermas? Humanamente vazias?

Vazio estou eu, com um amigo a menos no mundo.

Mas ele não devia ter feito aquilo. Foi demais. Não suportei.

Como seria bom se todos pudessem morrer dando umas boas risadas. A morte veio me buscar. Olha que cara engraçada que ela tem. Rá, rá, rá. Obrigado, gente boa. Foi tudo ótimo, enquanto durou. Como me diverti. Ri à beça, o tempo todo. Morri de rir. Agora me vou. Com a melhor das lembranças.

Assim, sim. A pausa que refresca.

É isso o que eu acho. Tem um aí, sofrendo pra caralho, desenganado, só dando desgosto de ver? Mata logo. Pra que deixar o desgraçado prolongando sua agonia? A vida é pra quem está bem-disposto. Em alta no mercado da saúde.

— Vai parar de enrolar e dizer logo o seu nome ou não vai?

— Por favor... quando acordar...

— Acorda, vagabundo. Você está encrencado.

— E eu não sei?

Um Táxi para Viena d'Áustria 55

— Então vai confessar?

— Elementar, Watson.

— Tá querendo me gozar?

— Que é isso, autoridade. Tô falando sério. O que eu disse foi: elementar, vírgula, Watson.

— Você continua me enrolando, porra.

— Não perguntou o meu nome? É tão simples que chega a ser elementar, foi o que eu quis dizer.

— Olha que eu vou engrossar.

— Grande novidade. A grossura não faz parte do seu show?

— O quê?

— Nada, não, excelência. Estava aqui me lembrando de uma coincidência. O meu pai também foi um policial militar.

— E o que isso tem a ver?

— Eu me lembrei dele quando disse o meu nome.

— Deixa seu pai pra lá. Como é seu nome mesmo?

— Era isso o que eu estava tentando explicar. Eu me chamo Watson. Foi meu pai quem me deu esse nome, em homenagem a um soldado norte-americano que ele conheceu num puteiro de Natal, lá no Rio Grande do Norte, no tempo da Segunda Guerra Mundial. Já fui um bocado sacaneado por causa desse nome. Como é que é, Elementar? Oi, Sherlock? E aí, Conan Doyle? Conan o quê? Que Sherlock é você? Nunca leu esse aí? Eu também não. Só de raiva.

— Não me deixa nervoso, cara.

— Eu já disse que meu nome é Watson.

— E o sobrenome?

— Rosavelti Campos.

Será que se eu disser que Rosavelti não é sobrenome, mas meu segundo nome, ele vai achar que continuo enrolando?

— Que troço mais esquisito.

— O quê?

— Esse Watson com Rosavelti. Ainda por cima com Campos. Por que não W. R. Fields? Isso é que é nome de gente.

Que posso fazer? Meu pai era chegado a um nome enrolado. O dele, então, era de lascar. Welson. Virou Velsu, na boca do povo. Eu virei Veltinho. E dei no que dei, não é isso que você está pensando?

— Watson Rosavelti! Porra, que nome mais escroto. Não podia mesmo dar em boa coisa.

— Pois é, sou um erro de ortografia.

— Explica isso direito.

— Rosavelti era para ser Roosevelt. Em homenagem ao presidente Franklin Delano Roosevelt.

— Você está dizendo que o presidente Roosevelt também esteve num puteiro de Natal?

— Isso eu não sei. Mas que ele esteve em Natal, esteve. Lá até hoje não se fala de outra coisa.

— Bem feito. Virou Rosavelti.

Um Táxi para Viena d'Áustria   57

— É que na hora do registro do meu nome a moça do cartório se atrapalhou toda, coitada. No Nordeste tem dessas coisas.

— E tem pistoleiro a dar com o pau e maconha pra cacete.

Na qualidade de policial militar caçador de bandido, meu pai certamente concordaria com essa imagem tão ruim do Nordeste brasileiro. Eu, porém, prefiro me lembrar das suas praias, do vento-que-embalança-a-palha-do-coqueiro, das jangadas no mar, do sorvete de mangaba, da carne de sol, da rede na varanda, da preguiça, da prosa morna na boca da noite. E no entanto não posso esquecer que ele foi expulso da corporação — e por boa coisa é que não pode ter sido. Eu era muito pequeno. Nunca fiquei sabendo o que aconteceu. Sei que meu pai resolveu comprar umas terrinhas, que encheu de mato. Era bonito ver todo aquele verde. Se fosse hoje eu ia ficar muito contente, achando que ele tinha espírito ecológico. Depois estourou o escândalo. Tudo aquilo era maconha, uma erva ainda pouco conhecida naquelas bandas. Ele foi preso. E morreu na prisão. Olhando para trás, sem rancor, eu diria que ele era um homem moderno, com visão do futuro. Hoje talvez fosse eleito Personalidade Empresarial do Ano. Tudo bem, a *Cannabis sativa* já não está tão em alta. Mas ele era muito inteligente. Já teria se atualizado quanto às questões do mercado. Acho que o que faltou ao meu pai foi assessoria. Lobby.

Teria sido ele um torturador? Será que é o meu pai quem me tortura?

— Ô, seu filho de uma boa erva! Deixa eu ver os seus bolsos.

— Pode me revistar. Tô limpo.

— Cospe aí.

— Tô limpo, já disse.

— Limpo um caralho. Para ter feito o que fez e ainda dar aquela gargalhada?

— Como é que você sabe que dei uma gargalhada?

— Não interessa. Reconhece esta arma?

Como diabo ela foi encontrada? Fiz a coisa direito. Escondi-a muito bem escondida num saco de lixo que joguei na lixeira. Era uma velhíssima pistola de dois canos, que estava numa mesinha ao lado da cadeira em que eu estava sentado e jogando conversa fora com meu amigo Cabralzinho. Fazia vinte e cinco anos que a gente não se via, por isso tínhamos muito o que conversar. De repente vi a arma, que pensei se tratar de uma quinquilharia, um objeto decorativo. Peguei a arma e fiquei com ela na mão. Um detalhe me chamou a atenção: ela tinha uma marca gravada na coronha, que ainda dava para ser lida, apesar da antiguidade. E lá estava escrito: Pistolet Central Brezilien. Achei isso esquisito, mas curioso. O detalhe era interessante. Deve ser coisa do tempo de dom João Corno, pensei. Eu estava até meio distraído, viajando em torno da velha Pistolet Central Brezilien, quando de repente

Cabralzinho começou a gemer e se levantou. Ficou de pé no centro da sala, se contorcendo e gemendo e falando e aí deu um troço apavorante na barriga dele, que começou a falar das dores que estava sentindo. E ele urrando e se abraçando, enquanto sua barriga continuava falando. Era tão enlouquecedor, que cheguei a ouvir a barriga da minha mãe nas dores do meu próprio parto. Aquela coisa vinha de longe, vinha lá do fundo. Esse cara vai explodir, pensei, ali em frente, pasmo como um babaca, sem saber o que fazer. Não suportei. Apertei o gatilho. Pois não é que a Pistolet Central Brezilien estava carregada? E não é que ela funcionava? Foi exatamente assim. Depois corri pelas escadas e sequestrei um táxi. Emocionante.

— Assassino!

— Eu apenas fiz um favor a um amigo necessitado.

— Cínico!

— Acabei com as suas dores. Foi só isso.

— Pelo menos vai cuidar do enterro?

— Tá maluco? Tenho horror a cadáveres.

— Covardão.

— Devagar. Pega leve. Já mandei um pro inferno. Pra mandar outro...

— Quer dizer que estamos diante de um indivíduo de alta periculosidade?

— Quem, eu?

— Você não. Imagina! O problema foi a arma, não foi? Você mesmo não teve nada a ver com isso, não é?

— A arma procurou o alvo.

— Não me venha com essa.

— O que quero dizer é que uma mão com uma arma procura o alvo.

— E você procurou a barriga de um amigo para treinar a sua pontaria?

— Uma barriga falante que pediu que eu atirasse nela.

— Por que logo na minha barriga, seu filho da puta?

Meu Deus. Chama a polícia. E um padre com incenso, água benta, vela e um crucifixo. Chama uma ambulância. Traz aí uma camisa de força. Eu o tempo todo falando com um morto, um morto torturador. Será que não matei o cara direito? Esse sujeito parece que está mal matado. Das duas, uma: ou ele ainda está meio vivo ou eu já estou meio louco. Toca para um hospício, que não vou aguentar essa barra com cara de normal. Uma alma penada veio me buscar. Cabralzinho já está pegando no meu pé. Adianta alguma coisa mandar rezar uma missa em intenção da sua alma? Ouça, Cabralzinho, está tocando no rádio. Descanse em paz, meu irmão. Numa boa. Daqui a pouco vai tocar o *Réquiem*. É uma música triste, mas muito bonita. De arrepiar. Encomendei-a em ritmo de rock, para que todos os mortos balancem o esqueleto, em sua homenagem. O que mais você queria?

Viver pra continuar se fodendo, é?

A esmola da fundação paulista já estava acabando. E você perdendo o sono. Nenhum trabalho à vista. E você sem amigos, sem mulher, sem porra nenhuma, como sair dessa?

Da cozinha para o quarto você percorria uma solidão de oito milhões e quinhentos mil quilômetros quadrados, comendo o pão que o diabo amassou com o rabo e engolindo em seco, abraçado às suas próprias dores, como se não tivesse mais ninguém nem nada no mundo para abraçar. Como é que eu, tão fodido quanto você, podia aguentar esta? Só matando. Se você tivesse corrido e se atirado pela janela, eu também tinha pulado atrás. "Que dor mais filha da puta", você disse. E eu: "Aguente firme. Se segure. Depois ponha tudo isso no papel, para fazer um best seller." E você: "Sofrimento não tem charme. Fracasso não tem glamour."

Sinceramente, achei que você só não tinha se matado ainda por pura preguiça. Ou por falta de iniciativa. Apenas fiz o serviço. Foi ou não foi um grande favor?

(Silêncio.)

— Vamos, responda.

Ah, o mal-agradecido. Sua vingança é me deixar falando sozinho.

— Diga que me ama. Diga que me odeia. Diga qualquer coisa, porra.

(Silêncio.)

Eu não disse que esse cara está me deixando louco?

Agora ergo meu braço. Que também foi feito para dizer adeus.

62   *Antônio Torres*

— Vá na paz, amigo. E desculpe qualquer coisa.

Ainda tem algum morto para me encher o saco? Não? Então toca para Viena, antes que a cana pinte.

Por que Viena?

Porque me disseram que lá tem música nas ruas. Só por isso.

Mas primeiro a gente dá uma paradinha rápida no japonês de Copacabana. Preciso estar em forma, para aguentar a travessia do Atlântico. Estou tão moído. Tudo me dói. Os ombros, os braços, as pernas, o dedão do pé, tudo o que tem músculo e junta. Oferecer esse saco de pancadas ao japonês do Instituto de Shiatsuterapia Okai & Nomi, uma câmara de tortura disputadíssima. Como os caras apertam a nossa carcaça. A cada dedada você responde com um urro. Dói paca. Mas funciona. Quanto mais você berra, mais te sacaneiam, com aquele sorrisinho amarelo que todos conhecemos. Sabe por que você fica todo torto, todo empenado, com uma perna mais curta do que a outra? Esta vidinha de tolo sentado que você leva. Uma vida inteira de reuniões, antes, durante e depois do expediente. Café da manhã de negócios. Almoço de negócios. Chá de negócios. Drinques de negócios. Porres de negócios. Até virar um bundão. E tome porrada para desentortar. Depois o japa vai recomendar um escalda-pés, antes de dormir. Cuidado fliagem, nô? Tudo igualzinho ao tempo da minha avó. Incrível. Novos males, velhos tratamentos. Como tem japonês no mundo.

Um Táxi para Viena d'Áustria

O Japão está em toda parte. Até parece que o mundo virou uma super São Paulo. Será que minha avó era japonesa e não sabia? O que sei é que preciso urgentemente enfiar os pés numa bacia de água quente. E depois...

Vruuuuuuuuuuuuuuuuuuuuuuu!

Sai da frente. Sai de baixo.

Faremos uma escala técnica em Zurique, o.k.?

Isso mesmo. Zurique.

Eu disse Zurique, pô. Claro, claro. Na Suíça.

Vê aí no mapa.

Escala para abastecimento. Queijo, chocolate, relógio — entendeu, não entendeu?

Mas antes é preciso descobrir um segredo.

Basta um número. Apenas um.

E aí vou chegar a Viena montado na erva. Assim vai ser muito mais divertido. Muito mais interessante.

Eu lavar canal em Amsterdam? Tá louco.

Lavar os pratos de Paris? Aqui, ó!

Quero mais é dançar uma valsa vienense, com uma loura de olho azul e dois metros de altura.

Isso parece um sonho. E não é?

Por favor, não perturbem.

Não quero acordar nunca mais.

Muito menos agora, que estou na melhor parte do sonho.

Meu sonho tem até nome. Chama-se *Spiritual's*.
Sonhar em inglês dá sorte. Atrai a fortuna.
Spiritual's. Guarde bem o nome da fantástica empresa
que acabo de criar. Essa vai dar muito o que falar.
O.k., você vai implicar com o apóstrofo e esse ('s) in-
devidamente colocado. Ah, o genitive case. Spiritual é um
adjetivo. Portanto, não contrata. Minha solerte empresa é
um erro gramatical? E eu não sei, professora! Estudei isso
no ginásio, pombas. E no IBEU, ACBEU, Cultura Inglesa,
Britânia, e montes e montes de cursos e cursinhos, sem
contar as aulas particulares. Acontece que nasci num país
livre, gramaticalmente falando. Aqui a gente enfia o 's onde
dá na veneta. Não é bonitinho o apóstrofo e esse? Gracinha.
Me amarro num 's. Orra, meu, o apóstrofo e esse ('s) é do
Brasil como a torta de maçã é dos States. O genitive case
é nosso e ninguém tasca. Viva o genitive case que, como
estamos carecas de saber, diz quem é o possuidor da coisa
possuída. Nós somos tarados por um 's. Diante dele arriamos
as calças e caímos de quatro. Babamos. O 's é a salvação da
minha lavoura. O toque mágico da *Spiritual's*, uma empresa
com muito espírito. Um negócio do outro mundo, aberto
ao capital de almas livres. Eu, Watson Rosavelti Campos,
perdão, W. R. Fields, redator publicitário de comprovada
competência no mercado, com um baita curriculum vi-
tae e um portfólio recheado de cartas-circulares, malas
diretas, folhetos, folders, outdoors, cartazetes de ponto de
venda, filmes e vetês em quinze, trinta e sessenta segundos,

Um Táxi para Viena d'Áustria 65

anúncios de jornais e revistas, spots de rádio, convites para coquetéis, festas de aniversários, batizados, casamentos, enterros e missas de sétimo dia, e tudo para o que há de melhor da nossa indústria e comércio, agora dou meu grito de independência. Vou trabalhar por conta própria. Senhoras e senhores — tcham, tcham, tcham! —, W. R. Fields do Brasil orgulhosamente apresenta a mais esperta empresa do século. *Spiritual's*! Uma empresa especializada em assaltos, sequestros, chantagens, estelionatos, lavagem de dólares e todo tipo, mas todo mesmo, de trambique. Presidente de honra: J. G. Cabral, o invisível Cabralzinho, que, na sua invejável condição de morto, nunca vai ser apanhado. Enquanto ele, na linha de frente, vai limpando Deus e o mundo, eu, Veltinho Vivinho da Silva, fico na retaguarda, para limpar os lucros. Bendita barriga falante. Divina alma penada. Obrigado, amigo. Valeu. A sua morte veio tirar a minha barriga do buraco. Por que não pensei nisso antes? Agora, sim, é que me arrependo das voltas que dei na minha metafísica portátil, consumindo-me em torno da melancolia dos homens criativos. Mas nunca é tarde para enxergar o óbvio: nosso tempo é lógico. Exige ação e jogo de cintura. Tudo que temos que fazer daqui pra frente é esquecer nossos ressentimentos, não é, Cabralzinho? Agora somos sócios. Banqueiros e magnatas, industriais e comerciantes, especuladores e latifundiários, minha boa gente podre de rica: a *Spiritual's* vem aí, botando o genitivo no devido caso.

É isso aí, Cabralzinho. Tintim. Agora é só selar a nossa sociedade. Em Zurique! Com Satanás de testemunha — e as bênçãos de Deus.

Depois a gente dança uma valsa.

Em Viena d'Áustria.

IV
QUAL ERA MESMO O MANDAMENTO?

"Não matarás…"

Estou vendo minha mãe ajoelhada, como sempre esteve.

Ela faz o sinal da cruz, como sempre fez.

— Em nome do Padre, do Filho, do Espírito Santo, amém.

Uma boa alma penitente. Mater dolorosa.

— Já se confessou? Contou todos os seus pecados?

Eu não sabia que isso ainda existe. Com tanta coisa mudando no mundo, pensei que o pecado também já tivesse acabado. Minha mãe está por fora, coitada. Também, faz tanto tempo que ela morreu…

— Se ajoelhe, menino levado. Reze, reze. Não esqueça o ato de contrição. Peça perdão a Deus e à Santa Virgem Maria. A todos os santos do céu. Mostre arrependimento.

Arrependimento de quê, mãe? De ter nascido?

Inacreditável: ela continua fiel à Santa Madre Igreja de Roma. Ainda não se japonesou na Igreja messiânica.

Não se americanizou com os evangélicos, os adventistas, as testemunhas de Jeová. Não se africanizou na umbanda. Nem se universalizou no espiritismo. Continua uma fidelíssima católica apostólica romana. Como é que minha mãe ainda não virou esotérica? Tantas seitas, tantos credos, no varejo e no atacado! Era agora que ela ia gostar de ver o mundo.

— Perdoai-nos, Senhor, por piedade. Perdoai-nos, Senhor, nossa maldade.

Pedindo perdão pelo filho que gerou, hein, mãe?

— Antes morrer, antes morrer, do que Vos ofender.

Ela acarinha as contas do seu velho rosário, em prantos.

— Eu ensinei a ele todos os mandamentos da lei de Deus. Criei esse menino de um jeito, saiu de outro. Sem um pingo de sentimento. Nem de juízo.

Já sei. Tudo porque eu não quis ser padre, como era o seu maior desejo. Queria me ver de batina, todo paramentado, celebrando missa em latim, recitando de cor todas aquelas palavras que ninguém entendia mas achava bonito: *"Dominus vobiscum. Et cum espiritus tuo!"*

Mamãe precisa aprender inglês.

Quem sabe ela estava certa? Se eu fosse padre, teria casa, comida e roupa lavada. E as atenções de devotos e devotas. Só é chato não poder casar. Namorava escondido, ora. Transava divinamente no confessionário, na sacristia, no altar, no coro da igreja. Boa vida, essa de padre. Trabalho

Um Táxi para Viena d'Áustria 71

mole, emprego estável, cargo vitalício. Hoje eu não estaria desempregado, batendo de porta em porta e só quebrando a cara.

— Vamos. Se ajoelhe. Reze, reze. Mas com fé!

— A bênção, mãezinha.

— Não posso te abençoar. Só se você se mostrar arrependido.

Mãe é mãe. Mesmo depois de morta. Ou mãe nunca morre?

"Não matarás..."

Estou vendo o rosto da minha mulher, que num instante envelheceu dez anos. Vai ter um ataque de nervos? Um infarto? Seu espanto é compreensível, porém preocupante. "Que desgraça. Ainda mais essa desgraça."

Filhos também espantados, também querendo saber o que houve. Filhos homens. Sempre do lado da mãe. "Conta logo, conta."

Ela quer falar, mas não consegue. De repente, pode até ter perdido a fala. Quer um copo d'água com açúcar? E um calmante, depressa! Não quero que ela enlouqueça. Nem que morra fulminada por um ataque cardíaco. Vai ter que criar nossos filhos sozinha. Tarefa para leoa.

— O que foi, mãe?

— Perguntem a ele. Ele... ele... perguntem a ele.

— O que aconteceu, pai?

Vocês prometem me visitar de vez em quando, se eu for preso?

Minha mãe nunca me explicou o que aconteceu com o meu pai. Nunca me disse por que ele foi preso.

As pessoas se entreolhavam, quando me viam. Meus colegas de escola passaram a me evitar.

— Coitado desse menino.

Era horrível ouvir isso. Um saco.

Meu pai andava sempre com um revólver na cintura. Dizia que era obrigado a andar armado. Cavacos do ofício. Eu tinha medo daquilo. Podia disparar e atingir o seu pé. E se uma bala pegasse na minha mãe ou em mim? Ele explicava que a arma estava travada. Eu não precisava me preocupar.

Vejo-o de revólver em punho, correndo e atirando. Quantos homens meu pai terá matado? Mulheres também? Crianças? Perseguição e fuga. Balas a esmo. O cumprimento do dever.

— Polícia tem que ser polícia. Não pode se fantasiar de freira de convento. Nem de dama da noite.

Ele me batizou com o nome de um soldado norte-americano, um tal de Watson. Não sei como a minha mãe deixou. Não era nome de santo nem nada. Nem de santo, nem de herói das novelas do rádio. Este Watson foi apenas um bebedor de cerveja, no calorento bordel de Natal, Rio Grande do Norte. Acabou provocando uma arruaça inesquecível.

Um Táxi para Viena d'Áustria   73

Brigou feio. Como um bom soldado bêbado. Mas bateu mais do que apanhou, conforme me contaram, muitos anos depois. Meu pai chegou para prendê-lo. O bordel em peso se levantou, à espera de uma grande luta, como nos filmes de cowboy. Imagine a cena. Imperdível. Os dois, porém, se sentaram à mesma mesa e pediram mais uma cerveja. Quando os ânimos se acalmaram, eles já se comportavam como velhos amigos. Ninguém entendeu nada. "Melhor assim", disseram as mulheres, puxando os homens para os quartos, empurrando-os para as camas.

O que será que meu pai queria que eu fosse, quando crescesse?

"Não matarás..."

Esqueceram de lembrar esse mandamento a Cabralzinho, quando teve a ideia de comprar aquela Pistolet Central Brezilien que, ainda por cima, deixou ao alcance da minha mão. Não, não estou querendo dizer que a culpa foi da arma. Eu sei que ela não atirou sozinha. Dependeu da firmeza da minha munheca, da agilidade do meu dedo, da precisão da minha mira. E assim me tornei um matador.

Quanto tempo será que falta para eu ser preso?

Música, maestro.

Vozes, murmúrios, música. Isso me embala. Mas não durmo como um anjo. O problema é o desconforto — lá dentro, bem no fundo, no meu íntimo. Há algo de errado. Não sei o quê. Será a falta de uma boa cama? De um cafuné de mãe — uma mãe que conte um conto de fadas e cante um acalanto? Está ouvindo a missa no rádio, mamãe?

Houve uma vez um sono assim, eu me lembro. Essas vozes, esses murmúrios, essa música me trazem recordações de um sono feliz, numa noite em que pude dormir como um anjo. Mas isso faz tanto tempo. Foi na casa do meu bisavô, que morava nos confins do mundo, onde a gente só chegava a cavalo ou num carro de bois. Eta mundão velho. Era uma casa com varanda, dando de frente para o pôr do sol, que no fim do dia morria no Brasil, pintando o céu de escarlate, para nascer no Japão, diziam homens suados e cansados, pitando um cigarro de palha, enquanto o sol ia embora, deixando atrás de si a saudade do dia que se foi. Deixando a promessa de estrelas. Depois veio a noite e com ela a casa se encheu de festa, espantando o meu medo da escuridão. Tive pena do meu pai, que não pôde vir. Devia estar de plantão no quartel. Ali tinha tanta novidade. O cheiro do milho verde fumegando nas panelas, o cheiro de estranhos licores, o cheiro das flores do mês de maio, o mês de Maria. Eu me deliciava até com as sombras que a luz dos candeeiros projetava nas paredes. Tudo isso e o vozerio, os murmúrios e a música das gaitas de bambu, que vinha do terreiro em frente do avarandado, onde a imagem do Sagrado Coração de Jesus reinava à luz de uma lamparina. Cansado da longa viagem, adormeci no aconchego de um farfalhante colchão de palha. No melhor dos mundos.

Até fazer-se o alvoroço. O espanto.

De repente a música parou. Cessaram-se todas as singelezas. As vozes se elevaram, exaltadas. Ouvi gritos. Choro. E acordei, assustado. "Volte para a cama", disse a minha mãe. "Vá dormir, vá."

Mas como, com tanto barulho?

Aos poucos, fui me dando conta do acontecido. Um homem havia bebido demais e perdera o juízo, a ponto de enfiar uma faca no bucho daquele que estava estirado no chão e já cercado por quatro velas acesas. Briga por mulher — aquela ali, amparada por outras e se derretendo em lágrimas e soluços. Na noite perfumada pelas flores de maio, o santificado mês das novenas, ela acabava de ganhar uma rosa ensanguentada. Coisas de marido ciumento. Que já havia sumido no mundo, o temível mundo de uma mata impenetrável.

Perdi o sono.

Bem que minha mãe se esforçou para que eu não visse o corpo do homem morto. Esforço inútil. Mas não sei qual dos dois iria me causar mais assombro. Se aquele estirado no chão, dormindo para sempre numa poça de sangue, ou o seu assassino, a embrenhar-se na noite como um cão danado, correndo, correndo, correndo. Fugindo do castigo e castigado por todos os perigos, nos ermos do tempo, da mata, da solidão. Mesmo tendo um pai que vivia armado, era a primeira vez que me dava conta do que era um crime. Já não era preciso ninguém me dizer que um homem podia matar outro. Estava vendo. O que eu dava tudo para saber: em que o criminoso pensava, o que sentia, se para qualquer lado que olhasse acabava avistando a cara da sua vítima, se já estava arrependido, se em algum momento sentia vontade de voltar para rever a mulher e os filhos e entregar-se à polícia, se já estava achando que errar pelo mundo era tão ruim quanto a prisão ou, pior ainda, se estava se vangloriando pela valentia. Ou se ia acabar sendo mordido por uma cobra e comido pelos urubus. E foram noites e noites a fio com esta cena na mente, perturbando o meu sono: a de um homem fugindo. Correndo, correndo, pelo meio do mato. Perdido. Um homem sem Deus.

"Não matarás..."

Agora sou eu que tenho que fugir.

Percebo sirenes se aproximando.

Encolho-me no banco do táxi. Aninho-me. Me escondo.

Por favor, me levem para uma cama. Quando acordar, confesso tudo.

As sirenes estão cada vez mais perto.

Um Táxi para Viena d'Áustria 77

E esse táxi que não anda. Por que encalhou nessa esquina de Ipanema, Rio de Janeiro, Brasil? Toca para Viena d'Áustria, não está me ouvindo?

Foi um português quem me disse que Viena é a cidade mais culta do mundo. "Lá há música nas ruas." Ele não devia ter descoberto ainda a vocação musical dos motoristas brasileiros.

Mas se Viena não me der abrigo, toca para o atol de Mururoa, onde aquele português trabalhava, ajudando os franceses a testarem suas bombas atômicas, dia sim, dia não. Foi num dia não que ele veio de férias ao Rio, para conhecer uns parentes e tomar um banho de mar, pegar um sol e depois dar em cima de todas as mulatas. Deve faltar mulher em Mururoa. A gente se conhecera num bar. Bebemos uns chopes e batemos um papo. E ele me disse que dá para se guardar algum dinheiro trabalhando para os franceses em Mururoa, que fica longe como o inferno. Tanto melhor. Quero mesmo é estar bem longe daqui. Será que ele ainda se lembra de mim? Mas o gajo gostava mesmo era de Viena. E pode até já ter morrido. O.k., se eu não tiver uma chance em nenhum lugar no mundo, toca para a Amazônia, lá para os lados do Acre, o paraíso dos pistoleiros. Lá é que não vou ficar sem trabalho.

Motorista roda a chave do carro. Barulho do motor pegando. Ele engata a marcha. Dá a partida. Sirenes se aproximando cada vez mais. Som de tiros. Balas resvalam na lataria do carro. Táxi levanta voo. Ganha altura com uma rapidez de sonho. Entra numa nuvem pesada. Táxi em zona de turbulência, sacolejando assustadoramente. Vai cair, vai cair. Que caia logo. E Deus nos acuda. Não é isso, felizmente. Estamos descendo numa boa, apesar dos solavancos. Pelo nevoeiro, devemos estar chegando a São Paulo. Nosso destino não era o Norte? Por que baixamos no Sul? Táxi aterrissa na porta dos Correios, no vale do Anhangabaú. Ê, ê, São Paulo. Terra da garoa. Gente trabalhadora. A voz cheia de dinheiro. Ainda tem lugar pra mim aqui? Há vagas? Já teve um dia, quando vim embora, quando aqui desembarquei, vindo lá do fim do mundo, lá de Natal. Meus dezoito anos cabiam numa maleta de mão. Minha magreza não enchia um paletó azul. Mas meus sapatos queriam palmilhar o mundo. São Paulo: minha primeira escala no século XX. Cheguei tremendo de frio. Mas isso faz muito tempo. Tudo faz muito tempo. Recordar me dá vertigem. Olha eu aqui outra vez! Desço do táxi e compro um envelope aéreo e papel de carta. Vou escrever pra minha mãe. Pra dizer que cheguei, fiz boa viagem e já arranjei um lugar pra morar, no bairro do Brás, perto da estação do Norte. É uma pensão limpinha, muito asseada, de uma espanhola muy sentimental, que chora um bocado quando ouve um bolero no rádio. Nessas horas me dá uma saudade danada do Rio Grande do Norte. Os boleros que tocam no rádio da espanhola são os mesmos que a gente ouvia em todas as vitrolas de Natal, em todas as festinhas e bailes de Natal, no puteiro de Natal. (Epa, cortar isso. A

Um Táxi para Viena d'Áustria   79

carta é para a sua mãe, rapaz.) Cuidado. Não contar nada sobre aquela vez que você ficou olhando pelo buraco da fechadura enquanto a espanhola tomava banho. Ela se ensaboando e cantando. E você chupando o dedo. Ela alisando os seios e cantando — e você alucinado. Ela esfregando as coxas e cantando — e você comendo a espanhola com o olho e vendo estrelas. Lânguida, louca, caliente, salerosa, ela transbordava em água e desejo, roçando cabelos, pele e labirintos... de ternura. Voz rouca de tanto cantar o mesmo bolero: "*Solamente una vez...*" E você aplaudindo, em chamas. Pelo buraquinho da fechadura. Esplêndido mulherão aquela galega assim tão nua, molhadinha, louca, lânguida, rouca, ui! Quanta fartura para tanta fome. Bela carne para sua magreza. Um dia, numa tarde de chuva... — corta, corta. Dizer apenas que ela está sendo uma mãe. Nos dias de chuva a espanhola me protege em seus braços e, generosamente, me leva para cama e me embala, lânguida, louca, salerosa, e me cobre, me agasalha, com seu cobertor de cabelos, pele, labirintos, enquanto singro um corpo nunca dantes navegado, aguardando o apito da fábrica. Pois é, mamãe, já tenho trabalho à vista. Já fiz um teste numa fábrica de rolamentos, mas para serviços de escritório. Vou pegar leve. Viu como foi bom a senhora ter me botado para estudar? Rolamento é uma bolotinha de aço, que pula de máquina em máquina até ficar bem redondinha, tinindo, parece uma coisinha de nada, mas é muito importante. Ajuda o mundo a rodar. Estou esperando ser chamado, pois passei em todas as provas, até no exame psicotécnico. Alguma coisa me diz que eu vou me dar bem aqui. Peça a Deus por mim. A senhora haverá de se orgulhar muito deste seu filho, que está longe dos seus olhos, mas muito perto do seu coração. Como tem passado, mamãe? Está feliz? Assim que puder, lhe mando um dinheirinho, mando alguma coisa, pode esperar. Muitas felicidades. A bênção, mãezinha...

P.S.: A senhora ainda se lembra qual é o mandamento que diz "Não matarás"?

Fecho a carta e fico um tempo sem fim tentando enxugar o excesso de cola que emplastrou o envelope. Os meus dedos estão muito sujos, melados — uma porcaria só —, e me impaciento com a demora para limpá-los. Estou com pressa. Muita pressa. O táxi não pode ficar a vida toda me esperando lá fora. O motorista vai acabar sendo multado. E vai me cobrar o prejuízo. A fila do correio é irritante. Que país mais emperrado. Quando, finalmente, chega a minha vez de despachar a carta, levo um susto. Adivinha de quem é o rosto atrás do guichê!

Não é possível. Você por aqui?

Meu Deus.

V
O Rosto

Imagine as chagas de Cristo na Paixão. A cores.

Mas o sangue que você está vendo não é ketchup.

O rosto atrás do guichê se funde e congela sobre todos os rostos na fila dos Correios. Sobre todas as pessoas e coisas. Sobre os envelopes. Reproduz-se em milhões de cópias — na cara de cada transeunte, nos vídeos das tevês e dos computadores, nos outdoors, nos anúncios luminosos, nas capas coloridas das revistas, nos cartazes dos cinemas, nas primeiras páginas dos jornais, nos templos religiosos, saunas, bares, boates e restaurantes, nos palcos e palanques, nos tribunais, associações de classe, entidades filantrópicas, estabelecimentos comerciais e de ensino, corporações civis e militares, na novela das oito, no plim-plim da Rede Globo, nos trailers de Hollywood, nos lares, num prelúdio de Bach, numa roda de samba, na sessão espírita, na loja maçônica, na reunião esotérica, nos quartéis, nos motéis, nos bordéis, na garagem, no elevador, no couro da bola, na ginga do craque, no

fundo do copo, na xícara do café, nos salões, nos sin-
dicatos, nos batizados, aniversários e casamentos, no
baile das debutantes, no terreiro de macumba, na festa
de formatura, no metrô, nos ônibus, nos automóveis,
nos aviões, num céu de brigadeiro, no pagode, nas feiras
populares, no bumbum da mulata, no ponto do bicho,
na roleta, no pano verde, nas cartas do baralho, no brilho
da coca, na seringa do pico, no giro do disco, nas sessões de
terapia, na aula de violão, nas cartas do tarô, na mesa
dos bêbados, nos embalos de sábado à noite, no pregão da
Bolsa, nos escritórios de pequeno, médio e grande porte,
na moita dos negócios, no teu sono, nos teus sonhos, no
descanso de domingo, nos dias úteis, nas tardes inúteis,
numa jam session, nos concertos de rock, no petit comité,
na cotação do dólar, nos piqueniques, na sessão de ginástica,
nos hospícios, nos hospitais, nas delegacias de polícia, nas
clínicas de repouso, no parque industrial, nos jardins das
delícias, nos encontros fortuitos, nos lenços perfumados,
nos estandartes, nos selos, nos memorandos, na reunião
top secret, na inocência dos otários, no tresoitão do pivete,
na tua blusa de seda amarela, na sombra do meu sorriso,
naquele buquê de flores, no reflexo do teu sapato, na minha
carteira vazia, num navio que vai partir para um mar de
almirante, na minha volta ao mundo no banco traseiro de um
táxi, em todos os espelhos, na broxura dos dopados, no tesão
das estagiárias, no piano-bar, no frango dos farofeiros, nas

filas do INSS, nos olhos da multidão, nos meus e nos teus olhos. Na minha retina.

Como se a cidade, o país, o mundo, tudo tivesse agora um só e único rosto — o rosto de um morto chamado Cabralzinho.

O que fazer para exorcizá-lo? Cuidar do enterro? Enviar flores? Pagar o anúncio da sua morte? Mandar rezar uma missa?

O que você faria?

Tomava um porre ou pegava um táxi para Viena d'Áustria?

VI

É difícil, é muito penoso e toma muito tempo matar alguém.

Alfred Hitchcock

— Desculpe, Mister Alfred, mas desta vez você errou.

VII
É um Prazer

Ontem à noite eu não sabia que ia matar um homem. Nem ontem à noite, nem poucos minutos atrás. É, acho que não faz nem uma hora que matei um homem.

Certo, não estou com cabeça para cronometrar os acontecimentos. E nem tenho um relógio. Desempregados não precisam se preocupar com as horas. Apenas contam os meses ou os dias que faltam para o dinheiro acabar.

Bom, o que quero dizer é que jamais, em tempo algum, pensei em matar alguém.

Ontem à noite até sonhei com um anjo, que me fez um estranho apelo:

— Pelo amor de Deus, não se entregue.

Hoje, pela manhã, ao escovar os dentes e fazer a barba, ainda ouvia a sua voz em meus ouvidos:

— Não se entregue/ não se entregue/ não se entregue.

Achei que era uma mensagem, que traduzi assim:

— Vai trabalhar, vagabundo. Vai à luta.

Coisas de sonho. E sonho de desempregado.

Também não fazia a menor ideia do que ia acontecer quando saí de casa, esta tarde, deixando um bilhete: "Vou dar uma saída, mas estarei de volta na hora do jantar. Se alguém telefonar antes de eu chegar, não esqueçam de anotar o recado."

Filhos na escola, mulher no trabalho. E eu vagabundeando. Ia me encontrar com um amigo que não via há séculos. Esse papo devia ir longe.

Não sei como aconteceu.

Foi tudo tão rápido. Pintou e pronto. Assim como uma veneta. Um repente.

Não. Não foi nenhum anjo que soprou nos meus ouvidos:

— Agora, já, fogo!

Foi só uma coceirinha no meu dedo. E pimba.

E fez-se a explosão. O esporro. O êxtase.

Fez-se louca a minha gargalhada. Gloriosa.

Foi incrível. Genial.

Sublime.

Fogo!

Ai se eu soubesse antes que matar era tão fácil, tão bom.

Agora já sei que não existe emoção mais forte. Uma emoção única. Indivisível.

É assim como uma prova definitiva de potência, de saúde — você se sente física e mentalmente em plena forma.

E descobri mais: não existe movimento mais moderno. Só requer velocidade e cinismo, a receita universal da modernidade.

Eu juro: não foi premeditado. Confessar que foi acidental serve de atenuante, senhores jurados?

Mas admito que foi torpe, cruel, brutal, desumano. Bárbaro.

Um crime perfeito.

Pensando melhor, todo crime de morte é perfeito.

Porque só a morte é perfeita. A vida é que é cheia de imperfeições.

E eu sou um assassino perfeito. Perfeito no timing, na firmeza do dedo, na precisão da mira, na economia dos meios: não desperdicei munição. Bastou uma bala para liquidar o assunto.

A segunda saiu no embalo, para sacramentar.

Para selar.

E aí me senti leve, como o ventre da minha mãe, no dia em que me botou no mundo. As duas balas que penetraram fundo naquela barriga à minha frente pareciam ter saído das minhas próprias entranhas.

Digo leve, porém potente. A palavra é essa: potência.

Insisto nesse ponto porque é da maior importância.

Potência.

Aquilo que faz você se sentir um homem de verdade, com H maiúsculo. Os da minha idade sabem do que estou falando.

Tudo bem, já me senti assim antes, e não só na cama.

Por exemplo: quando matava uma campanha publicitária, me saindo brilhantemente de uma tarefa espinhosa, complicada, difícil, cujo resultado final acabaria por segurar um cliente em crise na agência ou conquistar uma nova conta. E segurava o meu emprego. Êxtase garantido. A glória. Mas, passada a euforia do gozo (qual será o tempo real da sua duração?), advém uma estranha espécie de melancolia. Nesses momentos, o melhor a fazer é encher a cara. E aí vem a ressaca. A miserável ressaca.

Talvez seja o que eu já comece a sentir agora. A dose foi forte demais. Fui longe demais. Não há prazer que dure eternamente etc. Começo a desacelerar, deve ser isso. Mas foi bom enquanto durou. Ainda está sendo bom.

Repito: só não sei como aconteceu.

À falta de melhor explicação, invoco os desígnios do Destino, que pôs a arma na minha mão.

Obrigado, Grande Destino. Muitíssimo obrigado.

O Senhor traçou o roteiro desse crime com mãos de mestre.

Ontem à noite. Pela televisão.

Que outra mão me faria ficar mudando de canal, naquele exato momento, senão a sua?

Foi só ir apertando os botões do controle remoto, pulando de estação em estação, até dar de cara com a minha vítima.

Um Táxi para Viena d'Áustria   95

— Eu conheço este sujeito — falei para um vídeo surdo, ao parar no canal dois, o da TV-Educativa, a emissora que costuma encher o nosso tempo com entrevistas e debates intermináveis, do sexo dos anjos à autonomia do voo das borboletas, e cuja audiência não se mede em números, mas em traços, o que significa que é baixa mesmo. Por que será que papo não está dando ibope? Não sei. Tudo o que sei é que ontem à noite fui um traço a mais. Parei no dois e me deixei tracejar. E isso depois de uma passada por todos os outros canais, tentando achar alguma coisa que valesse a pena, para esvaziar o meu saco. Achei.

Até dar de cara com aquele velho e conhecido rosto no vídeo, o meu quadro *clínico* ontem à noite era esse: incapacidade total de concentração. Não conseguia: 1) Dormir. 2) Ler para chamar o sono. 3) Ouvir música. 4) Discar os números do telefone, para aporrinhar alguém, de preferência em outro estado ou em outro país — quer dizer, bem longe. 5) Nem beber e fumar — já começava a me sentir saturado de álcool e nicotina. Cheguei até a fazer (e tomar) um chá de boldo, para relaxar, desintoxicar, limpar lá por dentro. 6) Dá para trepar, quando você está assim, tão leso, tão vago e desnorteado? 7) O jeito era me dopar. 8) Mas nem a televisão estava sendo um bom soporífero. 9) Nem ela, imagine. 10) Apertando nervosamente um botão atrás do outro no controle remoto (a solução japonesa para a nossa preguiça), passeei pelo canal quatro, o seis, o sete, o nove, o onze e o treze, sem me deter em nenhum deles.

Estava achando todos uma grande chatura. Programas humorísticos surrados e sem graça ou de uma grossura inominável — e anúncios. Tiroteios, pancadarias, carros se espatifando, gritos, barulho — e anúncios. Enlatados, enlatados, enlatados — e anúncios, anúncios, anúncios. Definitivamente, ontem à noite, pelo menos àquela hora, não havia a menor possibilidade de vida inteligente no Planeta Tevê.

Fui salvo pelo canal dois. Parei nele, fiquei e relaxei. Finalmente, um rosto no vídeo que era assim como alguém da minha própria família. Isso tornava a minha relação com a telinha uma coisa mais íntima, como uma boa e amena conversa entre amigos. Melhor: era o meu reencontro com um parceiro da pesada. Só fiquei chateado foi por ter pegado o papo já rolando. Perdi o começo.

— É claro que conheço este cara. Pois não é que é ele mesmo? O velho Cabral. O nosso Cabralzinho! E eu que pensava que ele já tinha morrido. Quem diria! Cabralzinho em segunda edição, vinte e cinco anos depois. Haverá segundos atos nas vidas brasileiras? Será hoje que vamos saber isso? Seja como for, é hoje que nós vamos acertar as nossas contas. Vamos botar o nosso papo em dia, mestre? Pena que não seja num corpo a corpo, ali na esquina, ou numa queda de braço, numa mesa de bar, como nos bons tempos.

Ele no vídeo e eu na poltrona, só vendo e ouvindo. Eu, o espectador. Mas não foi sempre assim? Ele falava, falava,

Um Táxi para Viena d'Áustria

falava e você que escutasse. Quantas noites enfiamos juntos o pé no jacá, hein? Será que ele ainda se lembra? Jota Gê Cabral! Jota de José, Gê de Guilherme. Com certeza ele devia achar que botar iniciais antes do sobrenome dava sorte, fazia o sujeito ficar mais importante, parecendo escritor norte-americano. E ele era um escritor. Paulista. E era a Revelação do Ano — daquele seu bendito ano, naqueles priscos tempos. E eu era o aprendiz de repórter que foi escalado para entrevistar o Grande Premiado, que estava com tudo e muito prosa. Que noite, hein, J. G. Cabral? Mas isso faz é tempo. Você ainda se lembra?

Diga aí, mestre: ainda vos resta vestígio desse tempo, dessa idade?

O rosto no vídeo parecia me dizer apenas que esse tempo já havia passado.

Em close: rugas, estrias, sulcos, bolsas aquosas, olheiras. E os famigerados cabelos brancos. Ralos. Rareando. O que foi feito da sua vasta, crespa e selvagem cabeleira, senhor? Domesticou-se, ao se encanecer? (Atenção, pessoal da produção: bota aí no áudio, em *bg* — quer dizer, baixinho —, a velha "Folhas mortas", que a torrente transporta, ó Deus, na voz lamentosa do nosso sempre bom Jamelão, ou aquela francesa que tem o mesmo nome, cantada por Yves Montand — vai ver essa aí é mais chique. Brega por brega em francês é outra coisa.) Superclose: uma barba sisuda.

Grisalha. Covas contornando a sombra de um sorriso. Os estragos do tempo. Como trocar esse quadro degradante por um retrato otimista de vinte e cinco anos atrás? Por maiores que fossem os esforços da minha memória, eu jamais chegaria lá.

Lá: nesse tempo, nessa idade.

Sabê-lo vivo, porém, já era alguma coisa.

Havia tanta gente da nossa idade batendo as botas, ultimamente... Mas Cabralzinho ainda estava vivo. Que bom. Ele ainda não tinha desistido de viver.

Isso merecia um brinde. Muita comemoração. Festa.

Afinal, o que eu estava assistindo era à ressurreição de um homem que um dia foi dado como louco a um manicômio público e que há muito já podia ter sido executado a eletrochoques em qualquer masmorra psiquiátrica.

Mas é isso aí: quem está vivo sempre aparece. Olha só o nosso Cabralzinho dando a volta por cima e ensaiando pintar de novo nas paradas de sucesso. Dá-lhe, garoto. Manda ver. Bota a cara nas câmaras e a boca no microfone, que artista é que nem puta do cais do porto: tem que estar sempre na janela, senão marinheiro não vê. Ninguém nunca jamais imaginará o quanto me quedei abismado diante da hipnótica telinha de ontem à noite. Falei em hipnose? Disse o certo. Me amarrei no vídeo. Vidradão. O que de tão irresistível Cabralzinho estava dizendo para as câmaras, isto é, para este espectador? Não sei. O que lhe

Um Táxi para Viena d'Áustria   99

perguntaram? Também não me lembro. Sinceramente, não prestei a menor atenção no dito e perguntado. Não seria ontem à noite que ele ia fazer os meus ouvidos de penico, como sempre fez.

Mas que bom, ele ainda estava vivo. Ninguém me contou. Eu estava vendo.

O que era mesmo que eu estava vendo?

Apenas um rosto — o rosto de um tempo.

Um tempo e seus fragmentos. Cacos de difícil colagem. Impossível dizer como ele era. O que pensava. Com o que sonhava. O que queria da vida. De que jeito gostaria que as coisas fossem. Quando o conheci, ele estava na casa dos vinte. E isso era tudo.

Não, não era tudo. Além de estar com vinte e poucos anos, Cabralzinho era o grande sucesso da temporada, com um livrinho de apenas cem páginas, que fez a crítica babar na gravata. Aí tomou um porre do qual parecia que nunca mais ia se curar. Depois de um ano de embriaguez, sumiu no mundo. Disseram que ele havia estourado o fígado e os miolos, a ponto de dar entrada num hospício com um trambolho pré-histórico na cabeça, a sua velhíssima máquina de escrever. Já curou o porre, Cabralzinho? Por que você nunca mais escreveu nada? Cadê as suas memórias do manicômio? E as da sua gloriosa temporada no paraíso? O que você fez durante todo esse tempo? Por onde andou e com quem? Como sobreviveu? Em que brahmas ou em que

brumas se perdeu? Em que conas se afogou? Tem notícias
do seu filho? Ele já deve estar um homem-feito, não? A mãe
dele, aquela que foi a sua primeira mulher, ainda está viva?
Por que você nunca mais me procurou? Perguntas para um
vídeo surdo e mudo. Responde, cara.

Minha primeira impressão:

— Ele até que está bem. Parece em forma.

A segunda:

— Como esse cara envelheceu. Porra, como ficou velho
e acabado.

Corta. Sai do rosto do Cabralzinho para dois pés femi-
ninos nuzinhos em folha. Lindos. Estonteantes. Que alívio.
Um colírio. O vídeo, como a vida, tem os seus refrescos. O
espertíssimo cameraman percebeu quando a moça tirou os
sapatos e relaxou. Rapidamente baixou a câmara e fixou
a imagem, como se fosse o pack shot de um comercial. Só
faltava o letreiro com o slogan, a assinatura/tema da campanha, para dar o recado completo:

"Pega no pé que dá."

Ou:

"Pé. Isso é que é."

Quadro parado por alguns segundos intermináveis. Parecia até que o cameraman tinha capotado num infarto ful-
minante e a câmara ficou sem comando. Engano. A imagem
entrou em movimento, num vaivém de entontecer: zoom
in/zoom out, aproxima-recua, recua-aproxima. Fetichistas

Um Táxi para Viena d'Áustria   101

de todo o mundo, uni-vos. Sirvam-se. E comam com os olhos. O cameraman devia estar de porre. Ou cheiradão. Brilhante expert em guerra de marketing subliminar, esse maluco. Senhores espectadores, solitários de todas as noites, está lançado o mais novo e mais revolucionário produto do mercado: o Pé Objeto. Relaxem e gozem. Quem não deseja roçar a língua num pezinho assim, que Deus fez tão bem-feitinho, no capricho? Quem não vai ficar doidinho para enfiar unzinho na boca, e morder, morder, morder até esporrrar? Ui. Me pisa, me chuta, me deixa apalpar esses pezinhos, me deixa amassá-los, massageá-los, deixa? Ai, gostosa. Deixa as minhas mãos tocarem neles de mansinho, devagarzinho. (Em áudio: a voz da dona dos pés.) Isso, ga-tíssima, sussurra em meus ouvidos, com essa voz de prazer à sombra, na penumbra, na banheira quente, na cama. Diz que me ama. Você me ama, você me ama, você me ama? Diz: "Isso-é-tão-bom!"

(— Larga do meu pé.

— O quê? Nem morto.

— Não enche. Me larga.

— Hummmm.

— Está fazendo cócegas, pô.

— Insensível. Vaca.

— Vai pegar no pé da tua mãe.)

A voz pergunta. Não deve ter muita prática em en-trevistas na televisão, pois a pergunta é longa demais, se

102   Antônio Torres

arrrasta, dá muita volta. Ótimo que ela não saiba que papo de televisão tem que ser jogo rápido. Por favor, não tenha pressa. Aliás, você nem precisava abrir a boca. Não tem mesmo que provar que tem profissão, talento, inteligência, cultura, informação, nada dessas inutilidades. Basta mostrar os pés para dar brilho a esse programa chatinho. (A câmara vai subindo por suas pernas, lentamente.) Isso, garoto. Bem devagar. Loucura. O mesmo Deus que caprichou nos pés exagerou nas pernas, excedeu-se, viajou, chegou à perfeição. Alô, querida. Você está me ouvindo? Dá para sentir a minha respiração? Aqui fala um coração ofegante, que esta noite se rende a seus pés e às suas pernas. (Epa, chegou ao joelho.) Cameraman safado. Piradão. Viciado "punteador". Inveterado "manitas de plata". Grande súdito de Onan. (Câmara chega ao rosto. Close.) Cabelos de boneca de milho. Louríssimos. Perfeitos para um comercial de shampoo. Olhos para nenhum maquiador botar defeito. Pele: tipo bebê-johnson, mais apetitosa do que a do pêssego. E uma boca tão sedutora que chega a ser cruel. Corta, corta. Não aguento mais. Todo esse mulherão cara a cara com o caidaço Cabralzinho? É, a produção não brinca em serviço. Entrevistado caqueirado, entrevistadora deslumbrante. Para a gente não mudar de canal. Como é mesmo o nome dela? De quem se trata? O que faz na vida? O letreiro passou depressa. Nem li. Que importa? Manda essa gracinha aqui pra casa, Cabralzinho. Pelo amor de Deus. Mas atenção, boneca. Muito cuidado. Quando esse

Um Táxi para Viena d'Áustria   103

barato aí terminar, não cometa a imprudência de ir sentar-se à mesma mesa dele. Esse cara é louco. Doido varrido. Hóspede permanente de manicômio. Louco fichado. Caso você venha a se render aos insistentes apelos desse maga-não zureta, trate de cair fora antes do terceiro copo, que é quando baixa nele uma estranha fúria. E é aí que ele vai tentar te rasgar toda, em cima da mesa mesmo, pois já foi diagnosticado pelas autoridades competentes que a fúria sexual desse indivíduo é um caso para os eletrochoques. Depois não diga que não avisei, viu, belezoca?

Volta para Cabralzinho. Fusão de imagens: o meu rosto na multidão. E os meus pés nas ruas do centro de São Paulo, em largas passadas. Tenho pressa, como todo mundo. Saio do vale do Anhangabaú e dobro a esquina do prédio dos Correios com a avenida São João, onde me lembro que já faz muito tempo que não escrevo uma carta para casa, dando um sinal de vida. Minha mãe já devia estar preocupada. Imagino-a dias e noites a fio grudada num terço e num rosário, pedindo a todos os santos do céu que tomem conta de mim, me protejam do frio, das necessidades, da fome, da morte. Rezando pela minha sorte. Quem nunca foi nordestino não sabe o que é ter mãe. Ela só não teve foi a boa lembrança de me dar de presente uma roupa mais apropriada para o clima paulista, algo mais pesado do que o suéter de crochê que eu estava usando sob uma japona azul, comprada baratinha numa loja que vendia roupa de segunda mão. Coisa que ela, com certeza, não aprovaria. Sabe-se lá quem tinha usado isso antes? Pobre mamãe. Sempre com essa mania de que os outros são doentes, todo mundo. E de que todas as doenças são transmissíveis nos copos, xícaras, garfos, colheres, roupas. E que dizer da sua obsessão pelas correntes de ar? Menino, fecha a janela. Quem deixou a porta do corredor aberta? Sábia mãe: "Meu filho, estude muito. Procure se instruir para não ter que seguir a vida do seu pai." E mais não disse e não precisava, para que eu percebesse que ela não gostava de ter tido o marido que teve. Por que se casara com ele, então? Meu filho, aqui a gente se casava só para sair de casa, para escapar do cós das calças e do cinturão de um pai. Qualquer um servia.

Às vezes eu tenho muita pena da minha mãe.

O marido mal-afamado morreu e o filho foi embora, para uns três mil quilômetros de distância.

Mandar dizer a ela que não tenho escrito por falta de tempo. Agora trabalho num jornal. Ela vai gostar de saber que estou empregado. Comecei na Revisão, mas já estou na Redação. Ainda ganho pouco. Não importa. Estou aprendendo. E cá vou indo, a caminho de mais uma tarefa.

Antes, trabalhei uns meses numa fábrica de rolamentos. Mas não gostei. O serviço era muito chato.

Um Táxi para Viena d'Áustria   105

Dizer também que, quando não está ventando, o frio de São Paulo até que é gostoso. Entro num bar e me aqueço com o calor das pessoas.

Naquele fim de tarde eu estava indo para um bar, na Dom José Gaspar, também conhecida como praça da Biblioteca. Era um lugar muito agradável. E eu ia ao encontro de J. G. Cabral, o Premiado. Para entrevistá-lo.

Um repórter mais esperto havia me advertido de que o cara parecia estar o tempo todo conversando com os seus próprios personagens. E que quando bebia era um desastre, uma companhia intragável: dava em cima de tudo quanto era mulher, provocava brigas, um vexame.

Sóbrio era um amor de sujeito, uma doce criatura. Bêbado, ficava insuportável. Era um tipo de estatura mediana, de pele morena e cabelos pretos e crespos. No primeiro copo, começava a crescer e ficar de cabelos louros e lisos. No segundo, começava a se achar um homem alto, de olho azul. No terceiro, estava convencido de que nenhuma mulher resistia a seus dotes físicos. Além disso, se tornava valentão. Só voltava ao normal depois de levar uma boa coça. Até parecia que ele gostava de apanhar. Ficava calminho. Uma dama. E mais: na hora de pagar a conta nunca metia a mão no bolso. Era um notório pão-duro. Um tremendo bicão. Mas uma ronda com ele pelos bares daria mesmo uma boa matéria, cheia de picardia, molho e gonococos.

Infelizmente não aconteceu nada demais naquela noite. Fiquei desapontado. Então o cara era normal? No começo do papo, deu para desconfiar que ele era loucão mesmo, pois, mal me cumprimentou, foi passando um envelope, dizendo que a matéria que eu ia fazer já estava pronta. "Eu mesmo fiz. Para te poupar tempo e trabalho." O pior foi a insistência dele para que eu lesse tudo ali mesmo, na sua frente, sem me dar tempo nem de respirar. Pensei: que cara de pau. E ele falando — "é um depoimento inédito" — e insistindo —, "foge completamente do lugar-comum das entrevistas com perguntas e respostas arrrumadinhas" — e eu todo sem graça e também sem conseguir um mínimo de concentração. E o que era aquele catatau de dez laudas que eu não estava conseguindo ler direito? Uma bronca dos seus personagens contra um sucesso de araque. Afinal, Cabralzinho estava nas folhas, badalado e tal, mas era um duro.

— Não deu nem para comprar um volskswagen?

— Que volks, qual wagen?

— E os prêmios?

— É tudo mixaria. E assim mesmo quando pagam. Mas é quase tudo na base da honraria. Você come honraria?

O que J. G. Cabral queria, de cara: que eu levasse as páginas datilografadas e as suas fotos que estavam no mesmo envelope, fizesse um texto de introdução e publicasse tudo, com grande destaque. "Em qualquer país sério vocês iam me pagar por esse trabalho. Afinal, passei uma tarde inteira escrevendo essa trolha. Mas o Brasil é o Brasil. Aqui a gente tem de trabalhar de graça e ainda assim se

Um Táxi para Viena d'Áustria · 107

dar por feliz da vida quando o trabalho é aceito. De graça, porra", e deu um murro na mesa, que balançou os copos e me assustou.

Pronto. Já estava na hora de mudar de bar.

E depois outro e mais outro. E ele falando e falando — de si mesmo, claro. Mas só isso. Nenhum vexame digno de nota. Decepcionante. O jornal queria sangue. Vibração. Porrada. Será que eu ia levar um esporro? Meu chefe era bem esporrento.

— Provoca o cara — ele disse. — Vê se o Cabralzinho dá um pau em todo mundo. Isso é o que interessa.

"Meus passos esmagam ruas e verstas/ Tenho um inferno no peito/ Ardente como o rubor de um tísico", assim falava um poeta muito falado nesse tempo, nesses bares. Na Era Cabralzinho.

Ele, sim, tinha um inferno nos pés. Estava sempre mudando de bar. E lá pelo cu da madrugada nos penduramos no balcão do Jeca, um pé-sujo que varava a noite, na esquina da avenida São João com a Ipiranga, na boca da Boca do Lixo. Cabralzinho pediu logo uma cachaça, reclamando do frio. Bebeu de uma talagada só e pediu outra.

— Vamos às mulheres?

Olhei em volta.

— Você tem coragem de ir pra cama com uma dessas? Ele:

— Aqui perto tem coisa melhor. Conheço um prédio ali adiante cheio de mulheres. Dá pra escolher.

— Sei onde é. Moro lá perto.

— Rapaz, sem boceta não dá. Vamos lá.

E eu que pensava que ia encontrar J. G. Cabral cercado de belas mulheres! No final das contas só lhe restavam mesmo as putas, para lhe afogar o ganso. Ele tinha razão. O seu sucesso era mesmo de araque.

— Deixa pro fim do mês. Já estou duro.

— Ah — ele disse, mudando rapidamente de assunto.

— Afinal, você leu o meu livro?

— Li só dois contos.

— E o que você achou?

— Ótimos. Excelentes.

— Quais os que você leu?

— O do Negão e o do motorista de táxi.

— Dois personagens de carne e osso, saídos da vida, gente que está por aí, isso é que é literatura, sem literatice, você não acha? Mijei na cabeça dos beletristas, botei na bunda deles...

— É, e aí te chamaram de uma força bruta da natureza. Você não viu um certo preconceito nisso?

— Ah, sei lá. Não me interessa. O que vale é que estão tendo que me engolir. Eu e os meus negões e os meus motoristas de táxi. Leia o resto, que você vai ver. É pau puro. Você não sabe de nada.

— Calma. Vou ler tudo. Pode deixar.

E Cabralzinho continuou. Porque *eu* isso, porque *eu* aquilo, eu, eu, eu, eu. Bendito pronome pessoal. J. G. Cabral,

Um Táxi para Viena d'Áustria

vírgula, Primeira Pessoa do Singular. Era do tipo que só devia tomar banho com sabonete Eucalol. Aquele que tinha cheirinho de eucalipto. Tudo com *eu*.

Mais uma pinga.

— Me diz uma coisa: você também costuma tirar uma lasca na bunda das mulheres, nos ônibus suburbanos e superlotados de gente em pé, como o Negão daquela sua história?

— E quem não faz isso? Você não?

— Quer dizer que você é ao mesmo tempo o menino que vê o negro botar o pau pra fora e a mulher levantar a saia, e ficarem lá, esfregando, encoxando, urrando, de pé no meio do ônibus, com todos os passageiros fingindo que não estão vendo nada, até todo mundo ir descendo e só ficarem os dois e o menino, lá atrás, também como se não estivesse vendo nada...

— Você quer saber se eu também sou o Negão? Deixa pra lá. Afinal você gostou ou não gostou?

— Gostei muito foi de como o conto termina. Depois que todos os passageiros desceram, o motorista do ônibus não parou no ponto final, como teria que ter feito. Seguiu em frente, rodando por ruas ermas para que o Negão pudesse terminar a sua viagem naquela bundona loura, sem ser interrompido. Grande motorista. O normal seria ele ter estrilado. Ou ter ido direto para a polícia, não?

— O normal não tem graça — ele disse.

— Concordo. Mas também seria normal que a mulher desse uma cotovelada no saco do Negão, batesse com a bolsa na cara dele, fizesse um escândalo, em vez de levantar a saia, por trás, e lhe ceder a bunda, não acha?

— Acontece que a mulher gostou. Eu vi. E era uma lourona mesmo, com uma bundona que benza Deus. Todo ônibus lotado é a mesma coisa: rapazes, coroas e velhotes aproveitam para ficar roçando numa bunda. Algumas mulheres não gostam, ficam aflitas, mas o máximo que fazem é tentar afastar os garanhões, com os cotovelos. Nenhuma protesta. Ninguém chia. Isso é que não dá pra entender: mesmo as que se chateiam não esperneiam. Ficam apavoradas, mas caladas. Apenas tentam, desesperadamente, mudar de posição dentro do ônibus. E ninguém se mete nessa estranha fornicação. Se as próprias vítimas não dão o berro, não estrilam, quem é que vai se meter? E até as que estão sentadas não se livram de ser atacadas, principalmente se estiverem nos bancos do corredor. Uma vez vi um sujeito com uma mão enfiada no peito de uma mulher que estava sentada. Ele de pé, com uma mão se segurando no encosto da cadeira e a outra se enfiando por dentro de um soutien, até apalpar o seio e ficar lá, agarrando, apertando. E a mulher quieta, durona, como se nem fosse com ela. Na minha rua tem uma turma que vai pro ponto de ônibus e fica de olho na lotação: "Esse tá meio vazio. Vamos esperar o próximo!" Aí vem um superlotado. E é aí que você ouve um grito de guerra: "É nesse. Agora! Já!" Porra, vai me dizer que lá pras suas bandas não é assim?

— Lá não tem tantos ônibus nem tantos passageiros — esclareço. — O lugar é pequeno.

— Então, como é que a moçada se vira?

— Começa-se com as galinhas. Passa-se a um buraquinho no tronco das bananeiras. Depois, chega-se às empregadas domésticas. Aí já se está na idade de descobrir o caminho da zona ou o caminho do mato, nas redondezas. Alguns passam até a preferir uma fêmea de quatro pernas.

— Como é que é? Homens trepando com animais?

— Sim. Lá todo mundo passa por um estágio no reino da vida animal.

— Puta que pariu. Isso é muito animalesco.

— Pitoresco, diria eu. Em vez dos solavancos de um ônibus, sem botar lá dentro, a tranquilidade de um barranco, enfiando tudo, à luz da lua. Contando estrelas. Tem homem que até depois de casado volta a um pasto de vez em quando, para matar as saudades. Vou escrever pra lá pedindo que mandem uma jumenta já adestrada, bem viciadona em talo de homem. Será um presente meu para você. Aguarde. Virá no próximo pau de arara, para o seu Natal.

Ele riu. Puxa, até que enfim. Pois não é que esse cara também sabia rir? Bravo!

Próximo capítulo:

"Um táxi para Rio d'Onor"

O outro conto que eu havia lido tinha o mesmo título do livro. Logo, devia ser o seu prato principal.

E era também uma história contada por um menino, que fazia o seu primeiro passeio noturno pela cidade, no banco da frente de um táxi, ao lado do motorista — o seu pai. Ouviam música no rádio e conversavam. O menino se encantava com tudo. As avenidas largas, os luminosos, os viadutos, os faróis, o fervilhar de carros e pessoas, as luzes, mas sobretudo o papo, o paleio, a boa charla, como o pai dizia, ele que tinha vindo de Trás-os-Montes, mais precisamente de uma aldeia com dois pés: um em Portugal e outro na Espanha. A mãe, uma negona gorda e bonachona, havia ficado em casa, preparando um bolo bem gostoso, para quando os dois voltassem. Era o aniversário do menino, que estava fazendo doze anos. E o pai estava muito orgulhoso: o filho havia tirado nota dez em português e a professora não poupava elogios às suas redações. Para alguma coisa tinha valido ele ter comprado uma estantezinha que encheu de livros, no quarto do menino. Com mais um pouco o miúdo ia tirar de letra Os Lusíadas e toda a obra de Eça de Queirós e de Camilo Castelo Branco. E este seu pai coruja revelava-lhe um segredo, um sonho: queria voltar à sua terra um dia, com a mulher e o filho, naquele táxi. Era só embarcar todo mundo — ele, mulher, filho e táxi — no porto de Santos e desembarcar em Leixões, no norte de Portugal, de onde rumariam para Bragança, em Trás-os-Montes, e de lá, depois de uns vinte e poucos quilômetros por uma

Um Táxi para Viena d'Áustria 113

estradinha de terra, chegariam a uma aldeia comunitária chamada Rio d'Onor, onde havia nascido, e onde nunca mais havia posto os pés, desde quando saíra de lá, fugindo dos bombardeios da Guerra Civil Espanhola. "Vai ser do catano, pá." Levaria cachaça, para trocar por bagaceira. Feijão, para trocar por vinho. Café, para trocar por fiambre. E os braços abertos, para trocar por abraços. Aperte aqui o bacalhau, venha de lá esse abraço, ó gajo. Lá era assim: tudo se trocava. Era esse o sentido, a razão de ser daquela aldeia comunitária. Não se comprava nem se vendia nada. Dinheiro simplesmente não existia. Vivia-se num sistema de trocas. O que se tinha além do necessário trocava-se pelo que se não tinha. Um outro modo de viver. O lugar era governado por doze Homens Bons, eleitos pelos chefes de família. E eram eles que faziam as leis e cuidavam para que fossem cumpridas. Aos domingos, no adro da igreja, depois da missa, os Homens Bons se reuniam para administrar as trocas, nos conformes do lugar. Tudo era de todos. Até o idioma que se falava lá não era nem o de Portugal nem o da Espanha, mas uma língua própria, chamada rionorês.

— Gostava de te levar lá, para conheceres os teus avós, que ainda vivem, bem vivos, porque lá só se morre mesmo de velhice. Para que conheças os teus tios, primos e todos os parentes. Para que vejas com os teus próprios olhos e oiças com os teus próprios ouvidos tudo o que te conto sobre uma terra onde todos nascem, crescem e morrem sem saber o que é ganância, usura, roubo ou crime.

Rio d'Onor! É um nome giro, não achas? Porreiro. Enquanto o pai pronunciava Rio d'Onor com a boca cheia, como o judeu que diz "ano que vem, Jerusalém", o menino viajava por mares nunca dantes navegados e terras pra lá de Shangri-lá. Lambendo os beiços, o pai traçava o roteiro da volta, quando iam refestelar-se nas tripas do Porto, nas papas de Sarrabulho, no bacalhau à moda do Alentejo. "Um bordejo do catano, pá." E ele tinha pressa para realizar este seu sonho. Andara sabendo através de uns conhecidos que o governo português estava com intenções de acabar com o modo de vida da sua aldeia natal, para tornar Rio d'Onor um lugar igual a qualquer outro, com dinheiro e tudo o mais. Tinha de ir lá, o mais breve possível. Há muito tempo vinha fazendo umas economias para...

Um carro entrou na contramão e bateu de frente, com tal impacto, que a porta ao lado do menino se abriu e ele despencou e rolou no asfalto. Por sorte, era uma rua movimentada. Percebeu o movimento das pessoas que o cercavam. Sentiu as mãos que o levantavam. Rapidamente trouxeram-lhe uma garrafa d'água e disseram que era para ele bebê-la, já. Recobrando-se, disse, aflito: "E o meu pai? Onde está o meu pai?" Foi então que se deu conta de que o movimento do outro lado era maior e mais nervoso do que à sua volta. Aproximou-se chamando, ainda mais aflito: "Pai! Papai!" Era o fim. O fim da viagem. Seu pai dormia para sempre, esmagado entre as ferragens. Prensado, ensanguentado, com os olhos esbugalhados, a boca torta e a

Um Táxi para Viena d'Áustria 115

língua para fora. Pai e filho voltaram para casa em carros diferentes. E aquele rosto deformado nunca mais iria sair da sua retina.

Àquela hora da madrugada, ali no Jeca, de caco cheio, cansado, suado, fedido e morrendo de sono, eu já não me interessava mais por nada. Tudo o que queria era dormir. Mas ao pronunciar esta palavra — DORMIR — Cabralzinho se apavorou:

— Que horas são?

— Umas quatro ou mais.

— Você está louco?

— Eu? Por quê?

— Você me fez perder o ônibus. Agora não tem mais ônibus para onde eu moro. Por que você fez isso comigo?

— Eu não fiz nada. Sabia lá dos seus problemas de ônibus e horários?

— E agora? O que é que eu vou fazer? Ficar rodando por aí até o dia amanhecer?

— Bom, você pode dormir no hotel onde eu moro.

— Mas já não tenho dinheiro para pagar a hospedagem.

— Não se preocupe. Mando botar na minha conta. Lá eu pago por mês.

— Acho que vai ser o jeito. Que porra. Você, hein? Me faz cada uma.

— Uma noite não são noites. Passa rápido. Você não vai morrer por isso. Vamos embora.

Cambaleamos na madrugada vazia. Trôpego, Cabralzinho se pendurava em meu braço. Ele bebia depressa demais. Havia emborcado goela abaixo o dobro do que bebi, ou o triplo. Será que de porre ele esquecia o rosto do pai? Um vento gelado batia na minha cara. Mamãe, me mande aí um caminhão cheio do vento morno de Natal. Me mande uma brisa do mar, sol e calor. Aqui tá frio como a gota serena. Gelado como a peste. E lá vamos nós, por ruas sombrias, ermas, refratárias à solidão dos homens. Mas era bom bater perna enquanto a cidade dormia e não tinha pressa.

Ao chegar ao hotel, peguei uma chave pra mim e outra para Cabralzinho. O quarto dele ia ser no primeiro andar. Conduzi-o — literalmente — pelas escadas. Empurrando-o. E ele era um bocado pesado. Depois enfiei a chave na fechadura, dei a volta e a porta se abriu. Continuei empurrando Cabralzinho pelo quarto adentro. Puxei a coberta, abri o cobertor e empurrei os seus costados sobre a cama. Ele capotou, rosnando:

— Você, você, você é um bom filho da puta.

— Obrigado — eu disse, rindo e já apagando a luz. — Durma bem e sonhe com Rio d'Onor.

— Filho da puta e mau-caráter — ainda o ouvi dizer, ao fechar a porta.

No dia seguinte o porteiro da noite me contou que Cabralzinho havia acordado de mau humor, esbravejando:

— Onde é que eu estou? Que lugar é este? Quem me trouxe pra essa espelunca?

Um Táxi para Viena d'Áustria 117

Dadas as explicações, me deixara um bilhete, com estas exatas palavras: "Muito obrigado. E desculpe qualquer coisa." Esse bilhete estava no escaninho da chave do meu quarto. O porteiro tinha certeza de que era dele mesmo e endereçado a mim. Só que ele não tinha posto o meu nome no papel. Havia esquecido. Nada a estranhar, em se tratando de J. G. Cabral.

Aquela noite, porém, teve um final feliz: a matéria saiu como ele queria e a repercussão foi a melhor possível. Cabralzinho passou a me ligar várias vezes por dia, a marcar novos encontros, a me enturmar. Acabou indo trabalhar no mesmo jornal em que eu trabalhava, onde viria a escrever crônicas pitorescas e deliciosas. Aí já éramos amigos de infância. Mesmo quando troquei o jornal por uma agência de propaganda, ele continuava me procurando muito. Depois sumiu. Passei a ter notícias dele por um ou outro amigo. Sabia que o nosso Cabralzinho criou juízo e se casou? Não, não sabia. Adivinha quem agora é pai? É menino! Soube a última do Cabralzinho? Virou um marido ciumento e desastrado. Dia desses invadiu o escritório onde a mulher trabalhava, cobriu ela de porrada, arrebentou tudo, mesa, cadeira, o diabo e acabou levando uma surra dos colegas dela. Está sendo processado por agressão e pelos danos causados à empresa. E a mulher? Pegou o filho e deu no pé. Foi pra bem longe. Mas ninguém sabe pra onde. Há quem ache que ela está na Europa, trabalhando como camareira num hotel. Sabia que o nosso Cabralzinho foi mandado embora do jornal? Já desconfiava. Não tenho visto mais as crônicas dele. Pois é. Toda noite ele ia beber no bar daquele cara que chefia a reportagem policial. Cabralzinho bebia, bebia, enchia o caneco, toda noite, depois saía de fininho, à francesa, sem pagar nada. Aí, noite dessas, foi chamado às falas: "Puxa, Cabralzinho, até aqui, tudo bem. Você não precisa pagar os atrasados. Mas, a partir de agora, você vai ter de pagar." Sabe o que ele fez? Saiu de mansinho, pegou um táxi e foi pro jornal. Lá, avisou pro chefe da oficina que tinha uma notícia importante e urgente para encaixar numa das páginas do noticiário policial. Foi pra máquina e redigiu a nota: "Faleceu esta madrugada, vítima de atropelamento, o nosso companheiro..." Adivinha quem? O dono do bar, rapaz. Ele mesmo, o chefe da página onde saiu a notícia. Imagine o auê. E Cabralzinho acabou mesmo no olho da rua. O sacana ainda fez cara de triste e incompreendido: "Puxa, foi só uma brincadeira..." Sabe quem está nos Estados Unidos? O nosso Cabralzinho. Ganhou uma bolsa dessas que os norte-americanos dão para jovens escritores. Vai ficar um ano na cidade de Iowa. (De lá ele me mandou um cartão-postal, ora, que milagre. Lamentando-se, porém: "Iowa é uma bosta. Só brasileiro babaca pode achar isso aqui o máximo. Não vejo a hora de voltar.") Cabralzinho não aguentou dois meses de Estados Unidos, sabia? Não, mas previa. Todo mundo está achando que ele pirou de vez.

Um Táxi para Viena d'Áustria 119

Pirado ele sempre foi. Já te disseram que Cabralzinho está internado? A coisa é séria. Está entrando nos eletrochoques. Mas em que hospício ele está? Não sei.

O rosto no vídeo parecia me dizer que aquele tempo nunca existiu.

Mas me deu uma vontade danada de revê-lo. Para saber das coisas. O que ele estaria fazendo? O que pensava? Estaria feliz com o presente? Tinha medo do futuro? Era preciso achá-lo, urgentemente. Mas onde? Se estivesse morando no Rio, isso não seria impossível. Primeiro: procurar seu nome na lista telefônica. Não constava. Ligar para a produção da TV-E. Lá deviam informar. De tanto procurar, acabei descobrindo o telefone dele.

— Alô! Grande J. G. Cabral. Parabéns pela entrevista e pela reedição. Você voltou às paradas. Isso me alegra muito.

— Obrigado. Mas quem está falando?

— Adivinha!

— Estou achando que é alguém que não vejo há muito tempo.

— É o Veltinho, rapaz. Aquele que você achava que tinha um nome esquisito. O de Natal, Rio Grande do Norte.

— Ô, garoto. Por que você não disse logo? Você perdeu um pouco aquele seu sotaque arretado. Foi por isso que não reconheci a sua voz. Você está morando no Rio?

— E já faz é tempo. E você? Está aqui há muito tempo?

— Não. Ganhei uma bolsa para escrever um livro sobre o jogo do bicho e achei que o melhor lugar para uma boa pesquisa sobre isso é o Rio. Estou aqui só há alguns meses. Mas o que é que você manda?

— Queria te ver, bater um papo, só isso.

— Mas vai ser um prazer!

— Pode ser hoje mesmo?

— Tudo bem. Na parte da tarde. Vou estar em casa. A qualquer hora que você chegar...

— Então até já.

Até o céu, o purgatório ou o inferno, Cabralzinho. Hoje pela manhã, ao localizá-lo, eu ainda não sabia que ia matar você.

Desculpe qualquer coisa, companheiro.

VIII
A PAREDE BRANCA

Ontem à noite eu vi um avião explodir sobre a minha cabeça, num céu do interior.

Era uma bela noite de lua cheia, tão bonita que chegava a doer. Uma noite perfeita para os loucos e os cães. Dava para se ouvir um trompete uivando no outro lado do universo. Depois tudo virou um clarão vermelho. O céu pegou fogo.

O anjo que desceu do avião em chamas e veio falar comigo chegou numa boa, como um amigo — não fora ele um anjo! Demorou-se pouco, porém. Devia ter pressa em dar assistência a outros aflitos. Apenas me deu um conselho e desapareceu. Foi aí que voltei a ver a parede branca, outra vez. Agora eu até já sonhava com ela.

É uma parede que aumenta e diminui de tamanho de acordo com o espaço que estou ocupando. E se move, acompanhando os meus passos, sempre ao meu lado. Quando me ergo da cama, ao acordar, ela também se levanta e me segue até o banheiro, me cercando. E assim por diante. Não me larga. Nem dentro de casa, nem na rua, muito menos quando estou andando na praia, onde às vezes ela se posta ao lado do mar e em outras do lado da rua, dependendo se estou indo ou vindo. Ainda não sei por quê, mas ela prefere sempre a minha direita. De vez em quando apostamos uma corrida, que acabo perdendo. É uma parede olímpica. O pior é quando ela se interpõe entre mim e as pessoas, sejam elas a minha mulher e os meus filhos, os amigos, conhecidos, vizinhos ou estranhos. É uma situação constrangedora, que não está dando para explicar, mesmo porque ninguém vai entender.

Uma vez tentei transpô-la, num salto. Ela cresceu tanto, que me senti reduzido às dimensões de um mosquito, ao olhar para cima, esborrachado no chão. E ainda tive que engolir os impropérios de um transeunte apressado, que quase me esmagou com os seus sapatos. Já andei rezando, fazendo promessas, indo a um pai de santo, acendendo velas a Deus e ao Diabo. Fiz até mapa astral, imagine. Pode ser que essas coisas funcionem, para quem acredite nelas. Não é o meu caso. Talvez seja este *o* problema, o *meu* problema: a falta de fé em alguma coisa, qualquer coisa. Tá ruim cá na real? Parte pro mágico, cara. Viaje no esotérico, tome um banho de sal grosso, enfie um galho de arruda na orelha, diga com a sua própria boca: "Jesus é o meu Senhor." E embarque num disco voador. Fé, irmão.

Ah, a velha fé que remove montanhas. A fé dos fanáticos. A fé dos aficionados. A fé dos inocentes. A fé dos resignados. Uma bíblia na mão e a fé no coração. A fé cega dos apaixonados. A fé no paraíso depois da morte. A fé que você precisa ter em si próprio. Como era mesmo que se dizia nos bares da Era Cabralzinho? "Eis aqui uma nova geração que, ao tornar-se adulta, encontrou todos os deuses mortos, todas as guerras terminadas e toda a fé do homem abalada."

Ainda não sabíamos de nada. Nem sobre os deuses, nem sobre as guerras, nem sobre a fé dos homens. Por exemplo: para mim parede era apenas uma obra de alvenaria ou de outro tipo (tapume, tabique), que forma os vedos externos e as divisões internas dos edifícios. Não era preciso ter fé para removê-la, para atravessá-la: bastava uma porta. Isso, uma porta. Que pudesse ser aberta. E se eu procurasse um psicanalista e contasse tudo sobre a *minha* parede? Mas como, se já não tenho recursos para esses luxos? Bem, poderia me abrir com os amigos. Mas eles andam tão sumidos! Acho até que já morreram. Não pertencem mais a este nosso mundo. Que descansem em paz. E minha mulher, o que me diria? "Você bebeu demais, a sua vida inteira. Queimou os neurônios. Não admira nada que agora esteja vendo coisas." (Obrigado, querida. Eu sempre soube que podia contar contigo.)

— Não se entregue.

Muito obrigado a você também, meu bom anjo. Acaso tens força para me ajudar a derrubar a parede? Podes me oferecer a chave de alguma porta?

Um convite à loucura: bater a cabeça contra a parede.

Quebrar a cara nela: suicídio.

Aprender a conviver com ela: uma prova de maturidade, não é, doktor?

Isso me dá direito a um prêmio de consolação. A minha alta. O preclaro senhor doutor atestará que o louco é manso. Não morde paredes. Sorridente, assinará o seu nome embaixo do atestado, com aqueles garranchos que só propedeuta entende. "Comporte-se, viu? Tenho um nome a zelar", os previsíveis tapinhas nas minhas costas completarão o serviço.

E assim estarei liberado?

Ainda não.

O caso requer uma solução política.

Em vez de bater de frente, cair de quatro e arriar as calças para a parede. Isso se chama negociação. Acordo. Em que prevalecerá o bom senso. A via política pode ser a menos honrosa, a mais polêmica, porém é prática e a única com possibilidades de dar certo. (Não estou passando bem. Com licença, senhores. Vou vomitar. Desculpem.)

Opção super hiper extra: organizar um mutirão e derrubar a parede, na marra.

(Vai ser difícil, meus camaradas. Ninguém tá a fim. Falta de tempo. E motivação.)

— Algo existe que não ama uma parede.

Oh, querido poeta, deixemos de abstrações. Limpe os seus óculos, por favor. E as que vos protegem do calor e do

Um Táxi para Viena d'Áustria

frio? As que delimitam os vossos domínios? As que guardam os segredos mais íntimos?

Com a palavra o filósofo:

— A parede são os outros.

Palavras. Belas palavras.

Mas de concreto mesmo só eu e ela. A parede.

O meu fundo infinito.

Onde estou? Quem me trouxe? Ah, já sei. Agora me lembro. Vim correndo. Vim com as minhas próprias pernas. E, ao chegar à porta, vi o táxi parado bem em frente. Corri mais um pouquinho. Cheguei ao táxi. Entrei nele. O motorista não disse nada, não perguntou nada. Eu também não lhe disse nada. Ou disse? Ele tinha o braço esquerdo para fora da janela do carro e a mão direita parada sobre o volante. O seu corpo estava inclinado para fora, mas ele não parecia prestar muita atenção nas ocorrências à sua volta. Divagava. Viajava. Ao som de um rádio, que tocava a *Missa em dó maior*. Os meus olhos passearam pelo painel do seu carro, de onde vinha a música. E perceberam o retratinho de uma criança sorridente, uma garotinha com uma fita enlaçando os cabelos e o pescoço envolto por uma gola rendada — prendas de uma mãe zelosa, pensei. Embaixo da foto, o indefectível apelo: "Papai, não corra." Ao lado do retrato, um adesivo: JESUS É A SALVAÇÃO. Este, sim. Tem fé. Estará salvo? Oh, Mozart: vês quem te ouve? Mais forte que a tua missa, porém, são as buzinas,

128   *Antônio Torres*

as sirenes, o vozerio das ruas, os gritos, as rajadas de balas. Isso é só para que eu não me esqueça de que estou numa esquina de Ipanema, esticando as pernas, movimentando os dedos dos pés dentro dos sapatos, como num exercício de relaxamento, crispando os dedos das mãos e encostando os meus ombros tensionados e doloridos no banco de um táxi — para adormecer. Como se eu estivesse me estirando num banco de uma catedral consoladora. Jesus é a salvação? Jesus, Deus, Mozart, o motorista do táxi? Jesus é música? Deus é arte? Mozart é religião? E o motorista do táxi, o que é? Um amigo ouvinte. Que virou o seu olhar perdido no tempo para o retrovisor. Deve estar me espionando. Quer fazer o favor de tirar os seus olhos de cima de mim? Pode me deixar em paz? Já sei: o senhor está achando que alguma eu fiz. Tenho cara de criminoso? Toca em frente, eu não já disse? Cuide do seu trabalho. Está parado aí por quê? Acha que não tenho dinheiro para pagar a corrida? Vai chamar a polícia? Afinal, onde estou?

Você está saindo do Correio, em São Paulo, onde acabou de despachar uma carta para a sua mãe. E agora vai dar uma ligadinha para os amigos, no orelhão da esquina.

— Alô! É o Francis?

Claro que não. O Francis nunca teve sotaque de japonês.

— Aqui é o Yamamoto.

— Saquê quente, nô? — eu digo.

Que merda. Onde será que o Francis está trabalhando agora? Yamamoto até que foi gentil e me explicou que havia comprado aquele telefone há seis meses. Mas não sabia quem era o Francis nem qual era o novo telefone dele. O jeito era eu tentar outra pista. Vamos lá: oito, oito, três, quatro, nove, três, oito. Alô! "Data Brasil, boa tarde." Data Brasil. E eu que pensava que estava ligando para o Wladyr. Mais um engano. Alô! Alô! Alô!

Está dando tudo errado. Haja coração. E nervo. Tentar o F. da Costa, o velho e bom Fonta, que um dia me emprestou uma grana e nunca quis que eu devolvesse — em reunião. O Paulino — jogando sinuca com o Guarnieri. O Cajaíba — foi dar uma olhada em suas abelhas. Quem diria, um redator e biriteiro criando abelhas. Discar para uma antiga namorada, oi, gata, quer vir comigo pra Viena? Mas foi o marido quem atendeu. Bateu o telefone — tóin!!!

Calma, maridão. Não precisa ficar nervoso. Você é apenas o quinto homem da vida dela, sabia? Pois eu sei. Como? Sabendo. Fui o primeirão, seu bobo. Vamos conversar numa boa? Quem sabe você podia me aliviar uma nota pra gasosa do táxi. Ela me disse que você é rico como um corno. Um empresário da pesada. Não vai me passar algum não, seu miserável? Então abra a janela e dê uma olhada em seu belo jardim de orquídeas. E tente adivinhar quem é o verdadeiro homenageado com vossas flores. Sim, meu chapa, ela se inspirou num namorado que costumava lhe oferecer orquídeas. Se estou aqui me lembrando dela, é porque também sei que ela se lembra de mim, toda vez que abre a janela ou colhe uma flor. Ah, a beleza das orquídeas.

130 Antônio Torres

Tão exótica quanto a do primeiro amor. Mas o proprietário do jardim é você. Certo. Nem por isso precisava bater o telefone no meu ouvido. Questão de educação.

— Alô! Queria falar com o...

— Quem gostaria?

— Aqui é o...

— De onde?

— Da street.

— O quê?

— Street. S de Silvia, t de Teresa, r de Regina, e de Ernesto, e de Ernesto, isso, duas vezes Ernesto, e t de Teresa, Street, entendeu agora?

— Mas o que é isso?

— Uma nova agência de propaganda, com sede no Rio de Janeiro e agora inaugurando uma filial paulista. E também com planos de expansão na Europa.

— Ele foi a um cliente. Quer deixar o seu telefone?

De onde você é? Da puta que me pariu.

Provavelmente já vivi aqui um dia. Deu até pra ganhar uma graninha legal. Mas gastei tudo em orquídeas. Com toda certeza aqui amei belas mulheres e fiz muitos amigos. Provavelmente já fui feliz aqui. Mas neste exato momento todo mundo está em reunião. Alguns devem estar tomando um banho de imersão numa fábrica de salsichas — e já começam a ter vontade de vomitar. Outros estão descobrindo que o Brasil ainda tem que importar bexiga de boi para a pelanca que envolve as mortadelas — e estão tendo que

Um Táxi para Viena d'Áustria　131

engolir essa sem poder sequer fazer cara de enjoo. Peidar na sala de reuniões nem pensar. É desemprego garantido. Outros, confinados o dia inteiro diante de um espelho, estarão assistindo, sem serem vistos, a intermináveis discussões em grupo com donas de casa das classes A/B, para descobrir os seus hábitos de compra, suas paixões, enfim, o império das suas papilas gustativas. Meus amigos em reunião e eu no meio da rua, mascando chicletes e com uma ficha telefônica na mão, dando porrada no orelhão, a fila cresce, a fila se impacienta, a fila reclama, alô, não dá nem pra ligar para um poeta, queria ouvir um verso bonito nesta tarde feia, mas o único poeta que eu conheci aqui foi embora, o grande Freitinhas deve estar morando em Florianópolis ou em Camboriú, lá em Santa Catarina, onde nunca estive, Camboriú, uma praia do Sul, aquela vontade imensa de ficar, porra, não trouxe o telefone do capitão Melchíades, um que adorava um papo vadio, nem o do comandante Falcão, o que gostava de cantar, nem o do deputado Dantas, o que sempre soube onde tem aqui a melhor buchada de bode — tô com uma fome nordestina. Alô! Mamãe? Manhê! Onde fica a sua casa? Qual é a rua e o número mesmo? Já procurei, procurei e não achei. Só vi um monte de prédio alto. "Tua mãe nunca morou aqui, cara. Vê se não enche. Te manda."

Assim não vou poder dizer aos meus amigos que acabei de matar um homem.

Pensando melhor, isto tem um lado bom. Poupa constrangimento, espantos, estupefações:

— Mas como? Você ficou louco?

Toca pra Shangri-lá, pra lá de Marrakesh.

Toca para Pasárgada, lá sou amigo do rei. Lá tenho a mulher que quero, na cama que escolherei. Aqui não sou feliz. Toca para "um pays de Cocagne", lá as flores do mal não vicejam jamais. Lá, tudo é paz e rigor. Luxo, beleza e langor.

Toca para Rio d'Onor, lá em Trás-os-Montes, Portugal ou Espanha, aonde chegarei com flores para o túmulo do pai de um amigo meu, que no entanto foi enterrado em São Paulo, enquanto o seu filho ainda está à espera de quem lhe enterre, no Rio de Janeiro. É um presunto fresco.

Toca para uma catedral consoladora em Viena d'Áustria, pois não posso perder a jam session de adeus ao século XX. Querubins ao coro. Wolfgang Amadeus Mozart se revezando ao piano com Thelonious Monk, Duke Ellington, Herbie Hancock e o nosso Tom Jobim. Rufar de tambores e de atabaques da Bahia — e de todas as Áfricas. Trompetes em surdina, uivando como cães para o luar de um novo século. E Deus tocando a flauta da sua própria coluna vertebral.

Música. Missa. Mozart. Mereço essa excelsa glória?

Toca pro inferno, que já estou cheio de tanto paraíso.

IX

*Diário de um desempregado, assassino potencial
ou consumado, obviamente impune etc.*

1

— Cai fora. Rua.

— É você, meu anjo? Você voltou?

— Voltei de onde? Sonhou que eu fui embora?

— E você não foi, logo que disse aquilo?

— Não estou entendendo. Acho que você ainda está sonhando. Pelo menos foi um bom sonho?

— Teve uma parte apavorante e outra enigmática. Um anjo saindo de um avião em chamas para me dizer um troço muito esquisito. Ainda não consegui entender direito o que você disse.

— Eu disse para você cair fora. Hoje é o dia da faxineira, esqueceu?

— Ah!

2

Em dia de faxineira, marido em casa só atrapalha. Rá-ré-ri-ró-rua. Ela puxa a cortina, nervosamente. Depois começa a arrumar a mesinha de cabeceira e a bater no travesseiro, num aviso claro de que tinha pressa em fazer a cama. Samba fora. Cai fora. Sarta de banda. Em nome da limpeza, da arrumação, dessas coisas práticas sem as quais não se ocupa um cubículo decentemente. Ponha os seus sapatos no lugar certo, leve a roupa suja para a máquina de lavar etc. Tudo bem, hoje pela manhã o céu estava uma beleza e eu pensei: o dia de hoje vai ser mais violento ainda do que os outros. Era uma associação estranha que eu estava fazendo entre sol, luz, calor e violência. Depois achei uma bobeira fazer esse tipo de associação. Violência mesmo era ser despertado no meio de um sonho. Isso não se faz, madame.

3

Hoje pela manhã tomei um suco de laranja, mordisquei um naco de cenoura, comi um pedaço de mamão, depois escovei os dentes e fiz a barba. Era preciso me apresentar ao sol muito bem barbeado, para pegar um bronze firme. "Enquanto você amar esse rosto", eu disse para o espelho. Não consegui terminar a frase, porque o telefone tocou. Fui atendê-lo, ansioso, como sempre. Seria uma possibilidade de emprego? Não, era engano. E lá vou eu, ao som de um telefone tocando ao longe o tempo todo, sem que ninguém o atenda.

4

Já na porta, decidi voltar. Para tentar descobrir o paradeiro de um amigo chamado Cabralzinho, que eu pensava que já tinha morrido, mas que ontem à noite dera um sinal de vida, pela televisão. Liga daqui, disca dali, alô? Cabralzinho na linha. Mas que surpresa! Aí marcamos um encontro para a parte da tarde, a qualquer hora que eu pudesse aparecer. Ele não só ainda estava vivo como estava morando bem perto de mim. Emocionante.

5

Desci pelas escadas, como sempre faço, dispensando o elevador. Para aquecer as canelas. Pensei: e se estivesse chovendo? Ia ter que me enfurnar no botequim da esquina ou ficar na portaria, bestando, lendo jornal, papeando com o porteiro sobre o tempo, ou sobre futebol ou a carestia e, pior: iria ter também que cumprimentar tudo quanto é morador do prédio que entra e sai, alguns não tendo a delicadeza de me poupar de certas perguntinhas: "Está de férias? Está de licença? Está doente?" Mesmo já estando com uma resposta ensaiada vezes sem conta para essas ocasiões (agora-trabalho-em-casa), iria ficar chateado comigo mesmo se tivesse que usá-la. Por que não dizer logo que estou desempregado? Às vezes digo isso, na lata, mas só quando estou de porre. E aí me divirto com a reação dos circunstantes. Ah, sim, bom, mas... Quem mandou perguntar?

6

Na praia é a mesma coisa. Principalmente nos fins de semana, quando aparecem os amigos e conhecidos que você invariavelmente encontra batendo perna na areia ou no calçadão. Tudo bem? Como vão as coisas? Patati, patatá, você acaba abrindo o jogo, a maldita palavra escapa da sua boca. Desemprego. Ai, que horror. Até parece sinônimo de lepra. Aí o papo fica atado, não vai pra lá nem vem pra cá. As despedidas também são invariavelmente iguais:

— Depois a gente se fala.

— Telefona pra mim, um dia desses.

— Qualquer coisa me procura, tá? Estamos aí.

Aí, onde?

E assim vou confirmando, comprovando, experimentando, sentindo na pele a hospitalidade tipicamente carioca:

— Aparece lá em casa pra gente tomar um drinque.

O gentil autor do convite, porém, nunca se lembra de dar o seu endereço. Muito menos o telefone.

7

Moro em Copacabana, um bairro superbacana. Não é preciso falar da sua fama.

Mundialmente cafona.

Qualquer coisa.

Como Miami Beach, Hong Kong, Acapulco, e cafonices que tais.

Troquei o Rio Grande do Norte por São Paulo porque era para lá mesmo que todo mundo ia. À procura de trabalho, claro. A mãe passando a mão na cabeça do filho e dizendo, o tempo todo, numa ladainha interminável: "Cresce logo, menino, pra tu ir pra São Paulo." Pra ganhar dinheiro. Para não ser *gauche* na vida. Para não morrer teso. E aí o menino cresceu de cabeça chata, de tanto a mãe passar a mão nela dizendo aquilo. Depois troquei São Paulo por Copacabana. Nostalgias do mar. Saudades de uma areia e de uma onda, nas minhas férias de menino. Meu pai mudou muito de lugar — era um policial militar —, mas manteve sempre a sua casinha à beira-mar. São Paulo tinha muita fumaça. Mas eu tenho saudades de lá, mesmo assim. Como tenho saudades das praias do Rio Grande do Norte, um bom lugar para se viver e morrer sem dinheiro. Tenho saudades de muitos lugares, até mesmo de Copacabana. Quando cheguei aqui ainda dava para se tomar um banho de mar. Agora Copacabana está tão suja, coitada. É só pra ver. Não pra mergulhar. Tão esgotizada. Virou uma latrina da Latrina América. Alô Partido Verde, alô! Cadê você, Greenpeace? Saudades de todos os lugares. Bom mesmo seria isso: viver em todos eles ao mesmo tempo. Assim: pela manhã, uma caminhada em Copacabana, Ipanema, Leblon. À tarde: trabalhar em São Paulo e pegar uma grana. Jantar em Paris, no restaurante da dona Babette, aquela que me deixou lambendo os beiços, num filme que nosotros jamás olvidaremos. E depois tomar um cafezinho, regado a uma boa cachaça, sob um céu do interior do Brasil, debaixo de milhões de estrelas, levando um papo de esquina com os vidas-tortas que porventura ainda existam. Terminar a noite num bordel, tomando cuba-libre e dançando bolero. E dizer para as putas: "Eu moro em Copacabana."

Para foder de graça. Até o sol raiar.

8

Copacabana, eu te amo mesmo assim. Você me adormece com os embalos do baile no morro e me desperta ao som das suas rajadas de balas.

De vez em quando soltam foguetes no morro ao pé da minha cama, no meio da noite, para avisar que a cocaína já chegou. Digo: a *mercadoria*, a encomenda. Por favor, não tive nenhuma intenção de te delatar. Não sou nenhum alcaguete, sabia? Francamente, detesto o barulho dos he-

Um Táxi para Viena d'Áustria   141

licópteros nos meus ouvidos. Sei que é a polícia tentando participar da tua festa, para pegar um brilho.

Mas você é muito espalhafatosa, querida. Exibida demais. Estilhaços sobre Copacabana. Copacabana me engana. Mas eu sou um superbacana. Moro em Copacabana.

Da minha janela não vejo o Corcovado e o Redentor, que lindo.

Vejo quatro num quarto, dormindo numa mesma cama. Vejo duas mulheres nuas e agarradinhas, num mesmo estrado. Vejo um homem abraçadinho a outro homem, num mesmo catre. Copacabana dorme escancarada, nas manhãs dos domingos. Por causa do calor. Mas em cima do meu teto há uma cobertura com piscina. Só que não sei como se dorme lá, aos domingos. Teto não tem janelas.

Às vezes você banca a chique e toca uma sonata de Johann Sebastian Bach. Em outras posa de sofisticada: põe no toca-discos, a todo volume, um uivo de Miles Davis. O som da turma da cobertura sobre a minha cabeça. Já os vizinhos da frente... ah, botam os alto-falantes nas janelas. E haja saco (e ouvido) para o sonzinho idiota da televisão.

Tudo isso e mais os passarinhos que posam na minha janela, as bananeiras no fundo do meu prédio, os cães uivando nos apartamentos, as balas a esmo vindas não sei de onde, as igrejas de montão para qualquer crença, as vitrines de Berlim, Paris, Londres, Nova York, o lixo nas ruas, o mau cheiro, as marafas, os gigolôs, a caca dos cachorros, os bêbados, os drogados, os pés sujos, o pipoqueiro, o vendedor de amendoim, o amolador de facas, o vendedor de verduras na porta do edifício, a garotinha que pede um cigarro, os meninos jogando bola na rua sem saída, ruas atulhadas de carros, o paraplégico vendendo bombons, o alto-falante do vendedor de pamonha, as boates pornôs, os restaurantes caríssimos, as termas para executivos, com mulheres de nível acima do razoável, os massagistas japoneses para os estressados, os psicanalistas, médicos e dentistas, os contabilistas, os tabeliães, todas as agências bancárias, camelôs a dar com o pau, pivetes, batedores de carteira, o Zé do Éter, todo inchado, todo varizes, todo repelência e nojo, a encher as ruas com o seu fedor insuportável, deixando à sua passagem o seu cheiro lendário, foi um jogador de futebol famoso, mas virou mendigo por causa de uma dor de corno, era engenheiro, mas sua casa se incendiou e os seus pais e seus irmãos morreram queimados, Zé cheirando éter cada vez mais, sem chatear ninguém, só pedindo uma esmola de vez em quando, mas muito educadamente, para comprar mais éter e beber uma cachaça, que ninguém é de ferro, e a gente indo ao cinema, ao teatro, ao restaurante, à casa noturna de sexo explícito, Copacabana me engana, olha o bicheiro na esquina, a casa lotérica, na padaria me chamam de senhor, no botequim viro doutor, o jornaleiro até deixa que eu pague o jornal amanhã, Copacabana é

Um Táxi para Viena d'Áustria   143

como um vilarejo do interior, brega e chique, reluz no luxo blindado de seus automóveis, mas falta garagem nos prédios de Copacabana, é melhor você comprar uma bicicleta ou andar a pé, flores nas janelas, balas nas vidraças, estilhaços sobre Copacabana, por favor, vamos implodir Copacabana, se todo mundo aqui descer para as ruas não vai caber, faltará espaço, mas eu desci, hoje pela manhã decidi que o melhor a fazer era um pouco de turismo em Copacabana, basta um par de tênis e um calção. E o sol é de graça.

9

O ponto do bicho fica logo ali na esquina, entre o açougue e o boteco. Um senhor magro, de pele escura, dedos ágeis, passa o dia todo sentado num engradado, preenchendo e destacando pules, em cima de um caixote. À tarde, prega o resultado do jogo numa árvore bem em frente do botequim. E sempre termina a sua jornada com os bolsos apinhados de dinheiro.

Ao passar por ele, me lembrei do meu sonho. Sonhar com anjo dá o quê? Borboleta? Pavão? Veado? E sonhar com avião explodindo? Será que é águia na cabeça? Bem que eu devia fazer uma fezinha. Se dou uma porretada no milhar, aí, sim. Finalmente iria poder mandar todos os empregadores e seus prepostos à... deixa para lá. Com grana para passar o resto da minha vida como turista em

Copacabana, eu ia lá pensar na vida empregatícia — e com rancor?

10

Raiva mesmo o que dá é ter vindo aqui a serviço. E não a passeio.

11

Cabralzinho na cabeça. Ele me disse, ao telefone, que ganhou uma bolsa para escrever um livro sobre o jogo do bicho. E eu que pensava que esse negócio de bolsa era só para estudante. Coitado. Um burro velho de carga e ainda dependendo da caridade pública ou privada. É, bolsa me cheira a filantropia, esmola, por aí. Quem mandou não fazer uma supercarteira na Bolsa de Valores? É isso o que dá o sujeito passar a vida bestando, enchendo a cara, sem se preocupar com dinheiro. E quando essa bolsa acabar? Terá ele uma outra já engatilhada? E será que ele está precisando de um colaborador, para ajudar nas pesquisas? (Bom, eu já tinha assunto para o nosso encontro. Uma pauta e tanto.)

12

Meu nome é Watson Rosavelti Campos. Velti ou Veltinho, para os íntimos. Não me chamo Raimundo. Foda-se o mundo. Vou à praia.

Andar, andar, andar, até ficar de pé redondo, como um bêbado.

Copacabana — Ipanema — Leblon.

Leblon — Ipanema — Copacabana.

Para me lembrar que ainda tenho pernas, quando elas começarem a doer.

Pé no chão, sol na cara, suor em todo o corpo, olhos na paisagem.

"O inferno são os outros", dizia um anúncio da Pan-Am, publicado nos jornais da França. Coisa dos anos 60. A frase era de Jean-Paul Sartre, que estava em alta. O texto do anúncio falava de uma praia na Irlanda, onde você podia andar quilômetros e mais quilômetros, sem ver ninguém. "Não é um paraíso?" Não. Paraíso mesmo é esse mar de mulheres douradas.

Andar, andar, andar. Para descobrir que ainda tenho olhos para a beleza.

Para tentar esquecer a propaganda. E o desemprego. E o meu eterno medo de morrer sem dinheiro.

13

Dizem que muita gente no Rio paga para não trabalhar. Só queria saber como conseguem a grana.

14

E eu que fantasiava tanto sobre o desemprego. Pensava que era só dizer: e que tudo o mais vá para o inferno. E ir para a praia.

Palmas para quem consegue tirar um desemprego de letra. Eu não estou conseguindo. Os meus sentimentos a respeito, na verdade, são contraditórios. Às vezes penso que, quando pintar uma oportunidade, vou ficar muito chateado. Porque vou ser obrigado a aceitá-la. E aí? Trabalhar de novo? Voltar a me aporrinhar o dia todo, com a chatice do dia a dia empregatício? Emprego é um saco. Cansa, dá gases, úlcera, infarto e câncer. Vai ver até Aids. Hemorroidas, com certeza. E o desemprego? Dá preocupação, cabelos brancos e tudo o mais. Então fica combinado assim: se correr o bicho pega, se ficar o bicho come.

O meu último emprego durou exatamente o tempo que já tenho de desemprego. Quatro meses!

Caí no conto da multinacional.

Você imaginaria que uma multinacional podia não dar certo no Brasil?

Um Táxi para Viena d'Áustria   147

Fui contratado pelo dobro do que estava ganhando numa agência nacional e onde, evidentemente, já estava de saco cheio. Oito anos lidando com as mesmas contas e a mesma chatura, dia após dia! Em publicidade é assim: quanto mais você muda, mais você melhora de salário, mais você adquire experiência, mais você é valorizado no mercado — se você muda, é porque alguém te fez uma boa proposta, logo, você é um profissional bem cotado, desejado, mais gente você conhece, mais você se renova.

Eu já estava ficando complexado por ter parado oito anos naquele lugar. Era como se tivesse parado no tempo. Havia um pessoal legal e tudo, o emprego era seguro, pois a empresa era das maiores do país. Porém era pesadona. Quadradona. Clientes grandões. O trabalho que ia pro ar era de uma caretice que deixava a gente da criação morrendo de vergonha quando nos víamos no vídeo ou nas páginas — afinal nós sempre pagamos o pato pela boa ou má qualidade da produção que chega ao público, seja na tevê, no rádio, nos jornais, revistas, outdoors etc. De modo que, quando pintou a cantada para um novo emprego, achei que era um verdadeiro milagre. Fui conversar, correndo.

O encontro foi num restaurante chiquíssimo, no topo de um hotel internacional, e cujas janelas envidraçadas davam para fazer até o mais experiente homem do mundo perder a respiração. Um mirante descomunal para a amplidão atlântica. E tudo aconteceu *comme il faut*: regado a vinho francês e champagne. Diante de mim, um figuraço — o típico homoludens multinacional aclimatado à pimenta dos trópicos. Louro, atlético, esguio, cosmopolita, vivo, brilhante, mentiroso, interessante, malandro, inteligente, bissexual (mudava de papel conforme lhe convinha) e... sem nenhum caráter. Eu já sabia tudo isso a respeito dele. Era uma peça manjada. Ainda assim topei a proposta. A empresa era dos gringos e não dele. Que risco podia haver?

15

Mister Multi perguntou como ia o meu inglês. More or less. Pois eu que tratasse de entrar num curso intensivo, imediatamente. Afinal, iria agora trabalhar numa das agências internacionais mais criativas e badaladas do mundo. E eu não sabia? Sim, mas ainda não sabia de tudo: ia ter que viajar muito, para trocar figurinhas com as cabeças coroadas que dirigiam a empresa em Nova York, Paris, London-London e Düsseldorf, RFA. A proposta incluía passagem, hospedagem e tudo o mais para o Festival do Filme Publicitário de Cannes — já estive uma vez lá. Vai ser bom voltar.

Oh, yeah. Tomei um multipileque. E cambaleei nas nuvens.

Um Táxi para Viena d'Áustria   149

16

Devia ter desconfiado. A esmola era grande demais.

Na véspera de começar no novo emprego, sou desper-tado de meu sonho com um avião para Nova York, Paris, London-London, Düsseldorf e Cannes por um telefonema da secretária de mister Multi, que me fez uma pergunta muito esquisita:

— Você tem laptop?

Eu, hein? Claro, por quê?

A grande multi não tinha computador para o seu novo redator.

Que mandasse comprar um, ora. Não custa tão caro assim.

Aí fiquei de orelha em pé. Que diabo de empresa era essa?

17

Não sei o que eu mais apreciava em mister Multi. Se as suas qualidades (as tinha, pode crer) ou os seus de-feitos. Malandro carioca (e carioca tem mesmo fama de malandro) era fichinha perto dele. Tinha um tremendo jogo de cintura para se aguentar nos mais altos postos das multinacionais. Dizem as boas línguas do mercado que o melhor do seu talento está no rabo. Será? Seja como for, uma vez ele deixou escapar um troço que só confirmaria a lenda:

— Pode estar certo de uma coisa — ele me disse. — Só existem três máfias no mundo. A propriamente dita, a dos judeus e a dos homossexuais.

Disse isso como quem conta uma piada.

Mister Multi era muito engraçado (digo era porque pra mim ele já morreu. Que se foda).

E era cínico, mentiroso, porra-louca. Em síntese: charmosíssimo. Encantador. Quem não adora um mentiroso? Chatos são os donos da verdade.

Pois não é que mister Multi conseguiu mentir até para os gringos? Levou os seus patrões na conversa, apresentando previsões de faturamento falsas, superotimizadas. Com isso conseguiu um monte de dólares para alugar uma casa bacana e contratar uma equipe, pequena porém cara. Pena, mentira tem perna curta. Ou longa, pois acaba sendo descoberta até do outro lado do Atlântico.

Mister Multi aumentou a despesa, mas não conseguia receita.

Agência no vermelho, mês a mês.

Nova York na linha: corta tudo.

O primeiro pescoço para o machado foi o meu. Bem feito. Quem mandou bancar o otário? Com tantos anos de experiência no setor, podia ter ao menos me informado antes sobre a saúde financeira da empresa.

Um Táxi para Viena d'Áustria   151

Os outros foram sendo cortados, individualmente ou em bloco, semana sim, semana não.

Agora só restam quatro pessoas na agência. Adivinha quais? Sim, senhor: ele mesmo, The Big One, mister Multi — e sua secretária, seu motorista e um boy. Transformou a empresa num mero escritório de representação, passando toda a criação e produção para São Paulo. Multinacional tem que estar onde a grana está. Bye-bye, Rio de Janeiro.

18

Não, não. Ainda não acabei. Pera aí. Será mister Multi o meu tipo inesquecível? Sujeito encantador, já disse. Falava uma porrada de línguas. E o seu sotaque caía de charme.

Tudo nele parecia inverossímil. Você tanto podia vê-lo desfilando num carro conversível com um baita fuzileiro naval ao lado, como podia encontrá-lo numa festa com uma gatinha de parar o trânsito. Requintadíssimo no vestir-se e à mesa, podia morder um sanduíche na hora do almoço e varar o tempo, trabalhando, com os pés descalços e sentado no chão. Fazia psicanálise e frequentava terreiros de macumba. Tinha sessenta anos. Ninguém lhe dava cinquenta.

Sua biografia, então...

Nasceu na Suíça, de pai judeu (norte-americano) e mãe árabe (francesa). Estudou em Londres e Paris. Mas logo cedo abandonou os estudos e pegou um navio no porto de Havre, na França, como embarcadiço. E aí foi navegar pelo mundo. Um dia acabou parando na Jamaica, onde abandonou o navio e passou a ser garçom num hotel, até conhecer um dono de agência de publicidade de Porto Rico, que o levaria a trabalhar com ele, no departamento de relações públicas. Rapidamente aprendeu os macetes do ofício. Garoto esperto. Uma companhia de petróleo percebeu isso e o contratou, transferindo-o pouco depois para o Brasil. Chegou aqui com um bom curriculum, para quem tinha só vinte e três anos. E aqui ele fez a cama. Só no mês em que me demitiu ouvi-o encomendando, por telefone, a modesta quantia de quarenta mil dólares. Imagine a mala que ele não fez, nos melhores anos de sua vida, quando dirigia multis que deram certo no Rio de Janeiro.

19

Você precisava ver a cara que ele fez, no dia em que me demitiu. Que ator.

Era um fim de tarde de uma sexta-feira, quando me chamou à sua sala, trancou a porta e começou dizendo que estava há uma semana sem conseguir dormir por causa da decisão que estava sendo obrigado a tomar. E aí começou toda a encenação, ora chorando, ora rindo nervosamente, ora se sentava, ora se levantava, ora gesticulava muito, ora cruzava os braços. E eu sabendo: puro teatro. Falei:

— Fica frio, cara. Tô demitido, não é isso?

— Ohhhh — aí ele me deu um abraço.

— Não se preocupe. Eu já sabia.

— Como? Se isso é top secret?

— A empresa está com um prejuízo de porrilhões de dólares. E não está faturando o suficiente para pagar o aluguel dessa casa, não é?

— Quem lhe disse isso?

— E que importa?

— Sei que você não vai ter problema para se colocar. Um profissional do seu nível...

— Bom, acabou. Tchau — e fui saindo, normalmente.

Limpei as gavetas, pus tudo num envelopão e me despedi do diretor de arte que fazia dupla comigo.

— Se souber de algum lugar pra mim também, dê um toque — ele disse. — Acho que não vai demorar muito para chegar a minha vez. Não sei por que só você está sendo cortado. Como é que eu vou ficar, sem redator?

— Isso aí já é problema pra vocês.

— Vamos tomar uma e levar um papo?

— Hoje não. Fica pra outro dia. A gente se fala. Agora vou pra casa.

20

Beber com colega de trabalho no dia em que se é demitido não dá. Toca pra casa. É. Hoje é sexta-feira. O pior dia para se perder o emprego. Vem aí um fim de semana promissor.

Não, não iria chegar em casa de cara limpa. Entrei no primeiro bar à vista. Precisava fazer contas. Quanto tinha de reserva? E quanto ia receber da empresa? Somando tudo, devia dar para aguentar uns seis a oito meses. Não mais que isso. Trabalhava desde que me entendia por gente. No fim das contas, sobravam uns trocados, para seis meses de desemprego. Viva o Brasil.

— Mas, por que eu em primeiro lugar?

E que diferença fazia, agora ou daqui a pouco?

21

Oh, não. Mister Multi teve a mesma ideia. Lá vinha ele para o mesmo bar. Quando me viu, ficou todo sem jeito, ou fingiu isso. E ele estava acompanhado por uma gatinha que não era de se jogar fora. Este se cuida. Sabe das coisas, pensei. Sempre numa boa. Incrível. Estão vindo para a minha mesa.

— Posso?

Eu não disse que o cara é um ator?

— E por que não?

Um Táxi para Viena d'Áustria 155

Ele pediu um chope. Ela, uma caipirinha. De vodca. Coada. E com pouco açúcar. Epa, essa pega pesado.

Silêncio. Mister Multi apresenta a moça. Diz apenas o nome dela. Em seguida começa a contar piada de judeu. Acho estranho um meio-judeu contando piada de judeu. A tal da autoironia judaica etc. Eu, por exemplo, não gosto das piadas que contam de nordestinos. Acho-as preconceituosas, racistas, escrotas. Também não gosto de piada de negro, nem de judeu, nem de veado, nada dessas anedotas que tentam ridicularizar as pessoas pela sua origem, raça, cor da pele ou preferência sexual. Aliás, acho os piadistas um saco. Coisa de idiota. O que você faz? Conto piadas. Pensa bem. Bom, eu não estava no melhor humor. E era para estar?

Mas mister Multi continuava com a corda toda, contando piada de judeu.

Lá pela terceira ou quarta ou quinta dose, disparei:

— Vem cá. Onde você estava enquanto Hitler queimava todos aqueles judeus?

A reação dele me surpreendeu. Deu uma gargalhada tão escancarada que acabou caindo da cadeira e se esborrachando no chão.

O pessoal em volta ficou olhando. Uns rindo, outros com cara de espanto.

Ainda às gargalhadas, mister Multi levantou o braço, com a mão espalmada, na minha direção, pedindo socorro. Levantei-me e disse:

— Com licença. Vou mijar. Vire-se sozinho.

Ele continuou no chão, gargalhando, que nem um idiota.

22

Ao entrar no banheiro, senti que alguém me seguia. Olhei para trás. Era a moça.

Digo:

— Ajudou o seu amigo a se levantar?

Ela:

— Você foi ótimo. O máximo. Adorei.

E me empurrou pelo banheiro adentro.

— Mas aqui é o dos homens.

— Shhh!

23

Aquilo é que foi uma surpresa — e das mais desconcertantes.

Uma mulher me empurrando porta adentro de um banheiro masculino, num bar de bebedores bem-comportados, onde até aquela hora a única nota negativa em relação a comportamento poderia ser debitada na minha conta, já que eu havia me recusado a dar a mão a um companheiro

Um Táxi para Viena d'Áustria 157

de mesa, que fora a nocaute por excesso de riso, a sua melhor resposta a uma perguntinha provocadora. Que horror. O supercosmopolita mister Multi estrebuchado em público, vergonhosamente, e o cavalheiro à sua frente se levantando para mijar, como se nem estivesse aí. Pensei que a gatinha que o acompanhava e agora estava no meu pé estivesse a fim de me dar uma lição de moral. Mas quem entende esses seres divinos e maravilhosos que atendem pelo nome de mulher?

O que aconteceu:

Ela trancou o banheiro à chave e me agarrou, enquanto eu descarregava o excesso de líquido no vaso. Depois, levantou a saia, arriou as calcinhas e pôs o pé direito sobre a borda da privada. Uma posição fantástica, considerando as circunstâncias. Entrei em transe, quando senti a sua mão me puxando na direção de um belo e bronzeado corpo, despido apenas da cintura para baixo. Desabotoei o cinto, puxei o zíper da calça, levei as mãos aos seus seios, por baixo da blusa, já colado em sua generosa e esplêndida bundinha. Depois fui descendo uma mão pela sua barriguinha até alcançar e apalpar a sua vulva. Acariciei-a. Impressionante: estava molhadinha, já ao primeiro toque. Era como se me dissesse, cordialmente, com toda a hospitalidade do mundo: "Entre. A casa é sua."

Entrei. E foi aí que vi estrelas.

— Você foi ótimo. O máximo — ela disse de novo, quando voltamos à mesa.

— Obrigado — respondi. — Você é que foi demais.

Será que alguém havia sacado o lance? E que importava?

O que valia mesmo era que eu estava me sentindo ótimo.

24

Mister Multi não nos esperou. Ingrato.

Pedimos outra rodada.

Aí ela contou. Primeiro: era judia. Segundo: era redatora de propaganda, igual a mim. Não, não. Ainda não era igual a mim. Estava em começo de carreira. Fora chamada, esta tarde, por mister Multi. Que lhe propusera um mês de trabalho, por um terço do salário que eu ganhava. Chegara à agência logo depois que eu saíra. Mister Multi dissera-lhe que, depois desse mês que ele estava propondo, havia a possibilidade de ela continuar. E, se isso acontecesse, ela teria um aumento. Ia aceitar, quer dizer, se a gente não tivesse se encontrado. Agora, nem pensar.

— Aceite — eu disse. — Trabalho não se descarta. As coisas não andam fáceis para ninguém.

— Não, não dá. Eu ia me sentir uma escrota.

— Por quê?

Um Táxi para Viena d'Áustria   159

— Demitiram você para pagar menos a outro ou outra. É um jogo sujo.

— Se você não aceitar, alguém aceita. Dá no mesmo.

— Mas eu não sou o outro ou a outra que vai aceitar. Esse outro ou essa outra não se sentou aqui, ouviu o cara contar piada de judeu e não viu a volta que você deu por cima dele. Você foi brilhante.

— Obrigado. Mas saiba. Aquilo vai fechar.

— Você acha?

— Não acho. Tenho certeza.

— Por quê?

— Porque as continhas mixurucas que a agência tem não estão dando nem pro cafezinho dos donos, em New York City.

— Mais uma razão pra eu não topar.

— Sob este ponto de vista, eu concordo. Mas topa um motel?

— Só se for agora.

Que noite. Se todas as outras noites de um desempregado fossem iguais àquela, eu nunca mais iria querer saber de emprego.

Passei a encarar com a maior simpatia do mundo todas as redatoras free-lancers. Apesar de concorrentes deste desempregado.

25

E agora, o que era que eu ia dizer em casa?

Apenas isto: fui demitido. Aí fiquei puto da vida e saí por aí, enchendo a cara e tentando encontrar pessoas que pudessem me dar umas dicas.

26

— Não vai trabalhar hoje não, pai?

É aí que a coisa começa a ficar complicada: ter que dar explicações.

Chega segunda-feira, todo mundo vai trabalhar e você fica zanzando por aí. E achando que o porteiro, o faxineiro, o vizinho, o zelador, a síndica, todo mundo já está sabendo: "Coitado. Ele está desempregado."

Coitado por quê?

Acorda-se e corre-se para o telefone:

— Alô?

E conta-se, explica-se, reconta-se.

— Mas, puxa, que época ruim para ficar desempregado, hein? Com essa crise que está aí...

— Alô?

— Não, não está. Quer deixar recado?

E assim por diante.

— Se eu fosse você, aproveitava ao máximo.

Um Táxi para Viena d'Áustria

— Como?

— Ora, ia para a praia. Procurava fazer outras coisas. Emprego na nossa área está cada vez mais difícil.

— Vamos ver se a coisa melhora.

— Logo, logo aparece. Você é um bom profisisional.

— Liga um dia desses para a gente almoçar.

— Quer deixar recado?

— Não, obrigado. Já deixei uns dez.

Prezado Rio de Janeiro, querido Rio, amado Rio, tu és um divino e maravilhoso filho da puta. Tão encantador quanto o mister Multi.

— Aquele abraço.

De tamanduá?

27

Tentando mudar de ramo. Nem só de propaganda vive um redator de propaganda.

— Estou gostando de ver. Você já começou a se mexer.

— Vai fundo, que vai dar tudo certo. Você vai ver.

— O que é que você está pensando fazer?

— Um bar.

— Bom, mas isso exige capital. Muita grana.

— Eu sei. Vou tentar um sócio capitalista. Minha ideia é um bar diferente, sofisticado, perfeito para a zona sul. Vai se chamar Round Midnight. Abre às seis da tarde e fecha à meia-noite. Às sextas-feiras, rola direto. Não fecha. E só toca música de jazz. Eu cuido da música. O sócio capitalista cuidará do resto.

— Tenho uns amigos aí que podem se interessar por isso.

— Você faria uma aproximação?

— Deixa comigo.

Deixei. E ainda estou esperando. Ei, amigão, onde anda você?

28

Mas um dia eu abro esse bar. Nem que seja no inferno. Round Midnight. Já tenho as duas fitas que vão tocar a noite toda. Aliás, preciso fazer mais. Pelo barato, devem existir mais de cinquenta interpretações diferentes de "Round midnight", o tema musical que vai descer redondo no meu bar da meia-noite. Só não estou conseguindo encontrar a versão do nosso Baden Powell. O disco dele com essa música está esgotado.

29

Hoje pela manhã, andando na praia, o juízo escaldando, o coração em chamas, cheguei a me sentir um homem feliz.

Um Táxi para Viena d'Áustria 163

Por estar pegando um bronze, em plena hora do expediente. Uma agradável sensação de estar fazendo gazeta. É, agora eu podia fazer a melhor coisa do mundo: nada.

Mas minha mente continuava trabalhando. Era um vício incurável, uma dependência irreversível.

Pois não é que estava outra vez me lembrando de um anúncio? Um que li há anos, numa revista norte-americana. Da lavra de um redator chamado Carl Ally, que fez escola até entre nós aqui. Na verdade, a gente chupa muito os norte-americanos, mas continuamos dizendo que são apenas uma fonte de inspiração.

O título do anúncio lembrado:

"Talvez o que você precise é mudar de povo"

Foto: uma louraça deslumbrante, num biquíni sumário.

Era assinado pela SAS, a companhia aérea escandinava, mais conhecida mundialmente como Sex and Satisfaction.

O anúncio reforçava essa imagem.

Tipo assim para tirar norte-americano da deprê. "Venha comer uma sueca que isso passa."

Que diriam as feministas? O machismo não é exclusividade latino-americana, pois não?

30

Foi aí que eu tive uma ideia para a nossa Varig. Adaptar o anúncio da SAS à cor e ao veneno dos trópicos e publicá-lo na Suécia. Bastava mudar a foto. Em vez de uma loura, uma morena tipo exportação. O título podia continuar o mesmo: "Talvez o que você precise é mudar de povo." Em que isso poderia contribuir para atenuar os índices de suicídio por lá, não sei.

Pensando melhor, não seríamos nós que devíamos mudar para a Suécia?

31

Não adianta. Até andando na praia eu faço anúncio. Sou do ramo. Difícil é convencer o mercado disso.

32

Lembrando de outro: "Desculpe, não temos McDonald's." Americano, of course. Para anunciar uma praia num fim de mundo qualquer. Um paraíso tropical. Meus filhos acharam engraçado quando lhes contei. Mas continuam comendo no McDonald's.

33

Uma vez eu fiz um assim:
"A história de um campeão solitário."
Sem comentários.

34

Mas vale comentar o seguinte:

Era um anúncio para vender o velho fusca, até então o carro mais popular do Brasil, campeão absoluto na sua categoria, mas já temendo perder alguns rounds para a concorrência, que começava a invadir o mercado de carros pequenos, práticos, econômicos e o escambau. Tanto que a ilustração do anúncio era um ringue de boxe, vazio, com ele sozinho, num canto, à espera de seus desafiantes. Todo mundo na agência achou a peça brilhante, genial, parecia até um daqueles anúncios imbatíveis, que só os norte-americanos eram capazes de fazer. O cliente também vibrou. E eu fui pro bar, para comemorar com a turma o meu momento de glória. Pois não é que eu era mesmo um redator do cacete? Se a minha língua-pátria fosse a inglesa, poderia estar àquelas horas em Madison Avenue, Nova York, faturando os tubos, uns quinze a vinte mil dólares por mês. Wonderful! Caí do avião quando um diretor da Volkswagen botou o seu dedo podre sobre o layout e disse que tinha um porém. O anúncio era muito agressivo. A companhia não podia comprar briga com a concorrência, assim tão abertamente. Manda pré-testar o anúncio. Não deu outra. Os distintos consumidores pré-testados confirmaram as suspeitas do cliente. E aí eu fui para a cesta do lixo, junto com as minhas emoções em flor.

— Cabeça fria, rapaz. São os cavacos do ofício. Você é pago pra trabalhar oito horas por dia, para fazer e refazer. Agora vá à forra. Crie um anúncio melhor ainda.

É, o pessoal tinha razão. Pra que sofrer por causa de um anúncio? Mas isso fazia parte do processo. Mas que processo mais doido.

35

Mas mais maluco ainda do que eu era um fabricante de rum. Durante uma daquelas reuniões intermináveis (e tome cafezinho e cigarro, não é à toa que publicitário vive tenso, nervosinho e bebe pra caralho), o Grande Homem disse que andava preocupado porque o seu produto vinha sendo consumido apenas em coquetéis e misturas de drinques leves, "coisa de mulher", ou seja, consumo eventual. "Mulher bebe pouco e só em ocasiões especiais." Precisávamos criar uma campanha que fosse capaz de reverter essa tendência. Tínhamos que partir pra cima do heavy-user, o bebedor da pesada.

Um Táxi para Viena d'Áustria   167

Por sorte, naquela noite mesmo bati os olhos numa frase de Ernest Hemingway, no seu livro póstumo *As ilhas da corrente*.

Oh, não. Não era possível tanta coincidência.

A frase: "O limite dele era vinte daiquiris."

Puta que pariu. O daiquiri era um dos drinques feitos com o rum do nosso amado freguês. Ora, se ele queria provar que a sua bebida era coisa de macho, a campanha já estava matada. Página dupla de revista. A carona barbuda e máscula de Hemingway dominando o layout. Título: "O limite dele eram vinte daiquiris." Fazer o texto logo a seguir ao título ia ser mole. Na minha estante havia um livro chamado *Papa Hemingway*, que começava com o autor contando como encontrou o seu personagem, numa finca em Cuba. Hemingway preparava um "Papa" duplo, um dos muitos drinques que ele havia inventado, exatamente com aquela mesmíssima marca de rum que eu agora ia anunciar.

Sopa no mel. O dono do rum era um cubano, que dizia ter sido amigo de dom Fidel Castro, na juventude, colega de colégio e universidade, essas coisas, e parece até que a sua empresa havia patrocinado a revolução do barbudo (mas depois se arrependeu, por supuesto), e por isso mesmo havia escapado do *paredón*. E mais: ganhou um bilhete de avião (via Miami) para Recife, Pernambuco, onde instalou a sua fábrica, bem ao lado dos melhores canaviais do Brasil.

A maluquice dele vem agora: ao bater o olho na minha ideia, reagiu com a eloquência verbal dos de habla hispânica. No final do seu inflamado discurso deu um soco na mesa (a minha insistência em defender o anúncio o irritava a ponto de deixá-lo furiosíssimo) e encerrou a questão, peremptoriamente: "Pergunta para um dono de botequim se algum de seus fregueses já ouviu falar em Hemingway, carajo!"

Ele pegou o layout (nem esperou que o embrulhássemos) e desapareceu.

Foi direto para São Paulo. Adivinha o que foi fazer lá?

36

Turbulências à vista. Vinha aí uma tempestade de merda.

— Precisava ter chamado o cliente de burro? — perguntou o preposto do patrão.

Ele havia adorado a ideia. Mas aí senti o drama. O cliente não gostou. Isso mudou tudo.

— Eu não fiz isso.

— Como não? Disse que ele não estava sendo inteligente, ao recusar a sua ideia. Não era uma forma de chamá-lo de burro?

— Ora, entrei em parafuso. Viajei. Queria que ele aprovasse o anúncio. Afinal, ia ser bom para todo mundo. Para o cliente, para a agência, para você. Ou não?

Um Táxi para Viena d'Áustria   169

— Você não foi diplomático. O homem se irritou.

— Foda-se. Estava fazendo o melhor possível. Para ele, principalmente.

— Você tem razão. Ele é burro mesmo. Não entendeu nada. Só que é o cliente. E aí você...

— Quer dizer, me fodi. Não é isso?

— Bom, não tenho condições de segurar você aqui. Pena. Fiz de tudo, creia-me. Mas não deu para segurar essa.

— Então, tchau. Por que não disse logo?

— Pera aí. O patrão quer falar com você. Liga pra São Paulo.

Liguei. Que remédio? Alô, São Paulo! Alô, alô, alô!

No outro lado da linha:

— Parabéns!

Era uma voz até que amistosa, para as circunstâncias. Como estava esperando um golpe, um corte, numa palavra: rua, estranhei.

— Parabéns por quê? Hoje não é o meu aniversário.

— Parabéns por ter feito o anúncio do ano.

— Qual?

— O do rum.

— Mas não foi aprovado.

— Eu sei. Por causa dele até me pediram a sua cabeça. Mas eu quero é dar um tapa em sua cabeça. Grande anúncio. Eu só queria que a minha agência fizesse pelo menos meia dúzia destes por ano.

Óbvio. Era o patrão.

Que também disse que não tinha condições de me manter no Rio, já que tive um problema com um cliente importante etc.

37

Mas ele tinha uma vaga de redator em São Paulo.
São Paulo, outra vez.
Por quanto tempo?
Aí me lembrei de uma música do cantante tropicalista Caetano Veloso:

"Não preferem São Paulo
nem o Rio de Janeiro,
apenas têm medo
de morrer sem dinheiro."

38

Fui nessa. E ainda podia me dar por feliz.
Era apenas uma transferência, o que, em se tratando de propaganda, significava uma promoção.
São Paulo sempre teve mais dinheiro etc.

39

E já que tudo havia acabado bem, eu podia tomar um porre de cuba-libre, em honor de la vida y del Gran Señor Rey del Rum — mister Cubano.

Para dançar um chá-chá-chá.

40

— Pai, por que está demorando tanto de você arranjar um emprego?

Todos os dias eu os vejo sair para a escola. E me pergunto: "Até quando?"

Foi aí que comecei a ver a parede branca. Eles saindo pela porta da cozinha e eu andando para a sala. De repente a parede do corredor começou a crescer. E a da sala também. Atravessou pelo prédio afora e foi em frente. Que parede mais comprida.

41

A estas horas os meninos já devem ter chegado da escola. Será que estão sozinhos? Será que a minha mulher já voltou do trabalho?

42

"Ah, mulher,
tu que criaste
o amor,
aqui estou eu
tão só
na imensa rua,
adeus"

43

Cheiro de combustível no ar. Pólvora nos meus dedos. Um cano de descarga na minha boca. Ar, pelo amor de Deus.

Alguma coisa está acontecendo. Ou já aconteceu.

E deve ser numa esquina de São Paulo. Ou dentro do túnel Rebouças, no Rio de Janeiro. O maior túnel urbano do mundo. Se alguém riscar um fósforo e jogá-lo a esmo, isso aqui vai pegar fogo. Desse jeito nunca vou chegar a Viena d'Áustria. Mamãe, onde é a sua casa? Alô, mãe? Já procurei em toda a parte e nunca acho a sua casa. Só vejo prédio alto. Cadê o cheiro das suas goiabas, no quintal? Meu cheiro é de álcool e de gasolina. E de pólvora. Mamãe não responde. Nunca vai me responder. Jamais terá a boa lembrança de mandar me dizer como é que foi a chegada

Um Táxi para Viena d'Áustria

do meu pai no inferno, com o seu caminhão de maconha. Como vão os negócios, velho? Está sobrando algum para me dar um socorro? Pela presente quero dar-te as minhas notícias e saber das tuas. Como tens passado? Bem, não é? Assim espero, na graça de Deus. Aliás, vou me encontrar com Ele daqui a pouco, em Viena d'Áustria, onde tem música nas ruas. Quer se encontrar comigo lá? Mamãe também vai?

44

Hoje pela manhã eu ainda não sabia que ia matar um homem. Tudo o que sabia era que na parte da tarde tinha um encontro com J. G. Cabral, meu velho amigo Cabralzinho. Este, sim, um tipo inesquecível.

X
O Encontro

A Caminho

Este sujeito que ia matar um homem esta tarde e ainda não sabia disso, antes de sair de casa já estava arrependido.

Pelo seguinte: andou demais durante toda a manhã, até sentir-se exausto, depois arriou o traseiro dolorido numa cadeira debaixo de um guarda-sol, num bar de calçada, defronte do mar. E pediu um chope. Ao sorver a primeira golada, estalou a língua nos beiços e disse a si mesmo que esta era a vida que havia pedido a Deus, ou quase isso, não fossem umas certas preocupações. O tal do desemprego. Suas reservas estavam se evaporando. Boa vida também tinha limites. Enfiou a mão numa bolsinha de pano roxo em que guardava a chave de casa e uns trocados. Contou o dinheiro. Chamou o garçom e perguntou quanto custava um chope. Queria saber se dava para mais um. Dava. Até para uma boa meia dúzia. Chope ainda era um esporte barato. Ao voltar a guardar os trocados na bolsinha, lembrou-se que ela já tinha servido de proteção para uma garrafa de uísque muito especial, com certeza um presente

178   Antônio Torres

de algum puxa-saco, em outros tempos — como dizer, mais felizes? Agora a bolsinha já estava desbotada, era quase um molambo. Ele também? Melhor seria não pensar mais nisso nem em coisa alguma. Por que pensava tanto? Para quê? E aí pensou: pensar faz mal à saúde. Bom mesmo seria ter um dispositivo automático na cabeça. Pintou um pensamento indesejado? O dispositivo disparava e a cabeça passava a emitir uma música incidental, sem referência, sem memória, sem lembrar nada. Algo fora de qualquer registro da mente. Não seria uma maravilha? Aí, sim, podia-se relaxar. Mais um chope. Um dia chegaremos lá. Os japoneses já devem estar cuidando disso. Eles não são craques em tecnologia? Outro chope pelo esvaziamento da mente, graças a um botãozinho que o Japão ainda vai inventar.

E assim, divagando e vendo o tempo passar, ele bebeu até onde os trocados deram. E depois arrastou a carcaça a caminho de casa, um tanto ou quanto cambaleante, a passos bambos, lentos, pesadões.

Ao chegar em casa, foi direto para o chuveiro. A primeira pancada de água fria provocou-lhe arrepios. Mas achou isso bom. Iria reanimá-lo. Ainda dentro do boxe, lembrou-se que hoje tinha sido o dia da faxineira e então tratou de enxugar-se bem, para não respingar no chão do banheiro e depois levar um esporro. Nada de bagunça, senhor. Está tudo muito arrumado, brilhando, nos trincos. Vê se mantém a ordem, tá? Antes de sair do banheiro, deu uma paradinha diante do espelho e se mirou por

Um Táxi para Viena d'Áustria 179

alguns segundos. Olhos um tanto caídos. Resultado de uma noite maldormida. E mais o chope e o cansaço. Mas o rosto estava legal: pegara um bronze beleza, de matar de inveja os do vínculo empregatício, com suas peles desbotadas, seus queixos arriados, suas olheiras, tensões, rusgas e ambições. Otimista em relação à sua própria cara, foi andando para a cozinha, onde, logo na entrada, deu de frente com um relógio: já passava das duas da tarde. O tempo estava correndo, mas ele não tinha a menor pressa. Nem pernas para apostar corrida com as horas. Viu um bilhete em cima do fogão. Leu: "O seu almoço está dentro do micro-ondas." Era um prato muito bem arrumadinho, no capricho. Bastava esquentá-lo. "Esquento, não esquento." Preguiça de almoçar sozinho. Mulher no trabalho, filhos na escola etc. "Estou onde ninguém está." Que porra. O sentimento de culpa, outra vez. Como, onde e quando iria se curar disso? Talvez nem Deus soubesse o quanto era importante livrar-se dela. Ela: Nossa Senhora de Todas as Culpas, Rainha e Dona deste Homem. Ora, ele não era o único desempregado do mundo, naquele exato momento. Almoçar sozinho é que não tinha a menor graça. Abriu a geladeira. Entupida. Cheíssima. Fartura no pedaço. Que bom. Mas não tinha sido ele mesmo quem havia feito a feira, ontem? Voltara esfalfando-se, com o peso do carrinho apinhado de frutas, verduras e legumes. Aliás, agora que dispunha de todo o tempo do mundo, estava ajudando muito em casa. Comprar pão, jogar o lixo fora, encarar fila de banco dobrando quarteirão no fim do mês, para pagar as contas, fazer o lanche quando a galera voltava da escola (e como adolescente come), fazer café, espremer laranja, descascar abacaxi, lavar o espremedor e o liquidificador e tudo o mais que não cabia na máquina de lavar pratos, ajudar a pôr a mesa, a tirar a mesa, levar bronca, quando fazia perguntas idiotas, onde está o molho da salada, cadê isso, cadê aquilo, olha aí, bem debaixo do seu nariz, puxa, você nunca acha nada, tem sempre que me interromper para pegar as coisas que estão na sua cara, engolia em seco e ia tentando ajudar, estava por baixo até dentro de casa, procurava ocupar-se fisicamente em alguma tarefa para não pensar, mas que adiantava, continuava pensando, demais, além da conta, meu Deus, quando é que os japoneses vão inventar o aparelhinho de desligar pensamento ruim, há muito deixara de trabalhar com a cabeça, agora agia com as pernas, os braços e as mãos, para distrair as ideias, tentando colaborar ao máximo no afã doméstico, aqui, oh, que se distraía, ficava tão cansado ou mais do que no tempo da batalha empregatícia, às vezes, justiça seja feita, era agraciado com beijos e afagos por uma mulher agradecida, como era bom um marido de tempo integral, full-time, ela tinha tantos afazeres e vivia sempre pelas tabelas, cansada, morta, se um dia ganhasse na loteria iria pagar-lhe um salário decente, para ele ficar em casa despreocupado, coçando o saco, e lhe ajudando, claro, mas em

Um Táxi para Viena d'Áustria

outras horas ela se esquecia desse "lado bom", era quando ficava na bronca por qualquer coisa que ele fizesse e que lhe desagradasse, aí o anjo da guarda virava um demônio e a vida se tornava um inferno, você desarruma tudo, você deixa todos os cômodos empesteados com o cheiro do seu cigarro, você bebe demais, fica aí mamando o tempo todo até enrolar a língua, quando está bêbado você diz uma coisa e depois que cura o porre já se esqueceu, você não presta a menor atenção no que digo, eu só queria ter dinheiro para dar a você, para você cair fora, se mandar, me deixar em paz, e ele: ora ia para a cozinha, para lavar o que encontrasse sujo pela frente, mesmo sabendo que dispunha de uma máquina para isso, pensando puta que pariu, tudo o que me resta é ser um ajudante de forno e fogão muito do atolado, um copiloto de copa e cozinha desastrado, ora se segurando para não encher a mulher de porrada e se dizendo, com raiva de si mesmo, que nem para isso tinha competência. Por que não dizia logo, sabe, querida, vai te foder? Porque precisava dar um tempo. E ela: por que você não responde? Ele: ah, não tem jeito. O jeito era, o jeito era, qual era o jeito?

Atirar-se pela janela.

Aí via a cena, ele despencando, de andar em andar, já sem tempo nem de dar um oi para a vizinhança. Só de pensar, quase desmaiava.

Melhor, talvez: um tiro no peito.

Mas não tinha um revólver. E desmaiaria antes, só de pegar na arma.

Outro jeito seria cortar os pulsos.

Ai, não. Todo aquele sangue escorrendo.

O melhor mesmo era ir para a praia.

Hoje à tarde, ao dar de cara com uma geladeira superabastecida, pensou: "Tudo em ordem. Ainda. Mas até quando?"

Depois pegou uma maçã e mordeu, lembrando-se de um velho provérbio inglês: "Uma maçã por dia mantém o médico longe."

E, além disso, se disse, maçã corta o bafo do cigarro e do chope.

Para, Velti, para. Chega de birita e nicotina.

São vícios fedorentos, estúpidos e caros, no fim das contas.

Mas e o prazer que davam?

Correu os olhos pela cozinha. Havia sido lavada. Estava limpíssima. Pensou: por favor, não jogue cinza no chão. Riu. Será que seria capaz de parar de beber e fumar? Quantas vezes já havia tentado? Não custava nada tentar novamente. Caminhou para a sala, mordendo a maçã. Tudo tão limpo, tão arrumado. Cada coisa em seu lugar. E a sua cabeça? Estaria com os parafusos no lugar? Ainda seria capaz de funcionar, como um liquidificador, uma geladeira, um micro-ondas? Pelo menos agora, não. Seu corpo doía,

Um Táxi para Viena d'Áustria 183

pedia uma cama. Dormira pouco ontem à noite, andara muito pela manhã e tudo que a sua cabeça queria era que fosse desligada. Sonhara a vida inteira em poder dormir depois do almoço, como um marajá. Agora podia. E não podia. Havia marcado um encontro para esta tarde. Que estupidez. Desempregados não têm que assumir compromissos para depois do almoço, a não ser que sejam para decidir um novo emprego, tipo pegar ou largar. Foi aí que sentiu um bruto arrependimento por ter ficado de passar na casa de um tal de Cabralzinho, hoje à tarde. Tu és burro mesmo, ô seu Velti. Elementar, meu caro Watson.

Tudo bem, mas antes ia tirar um cochilo. No sofá, para não desarrumar a cama e levar um esporro. Os dez minutos de Napoleão, aquele que perdeu a guerra mas legou aos pósteros a receita universal da energia para os embates do pós-pasto: uma soneca de dez minutos. Ele, o Napô-Velti, o Bonaparte-Watson, dispensou o prato de comida, mas não ia dispensar uma puxada de pestana. Não deu nem para cinco minutos. O telefone tocou. Correu para atendê-lo com a ansiedade de sempre. Era um garoto procurando por um de seus filhos. É, o jeito era ir andando.

E pôs-se a caminho.

Um Argentino na Portaria

Saiu pela porta de serviço, "a entrada e saída dos artistas". Considerou a lembrança apropriada. No fundo, se achava um artista — embora em disponibilidade. Não era preciso muita arte para se viver disponível?

Desta vez não confiou nas pernas para encarar a escada. Preferiu a comodidade do elevador, para o qual se adentrou cheio de sono e sem nenhuma vontade.

— Boa tarde, doutor — disse-lhe o porteiro, desmanchando-se em mesuras e salamaleques. Rosnou uma resposta ininteligível e atravessou a porta. Doutor! Quantas vezes tinha que dizer que não era doutor porra nenhuma?

— Não sou doutor. Sou homem.

Apesar da letargia que o dominava, viria a ter a sua atenção despertada para um fato novo: pois não é que haviam pintado de branco o velho banco de madeira da portaria? Ficou como novo. Este o segredo de tudo: uma maquiagem, para renovar. Ele havia se dado uma tintura de sol. Estaria renovado?

186   Antônio Torres

Foi aí que se lembrou do argentino do quinto andar. Um que passara praticamente o seu último ano de Brasil naquele banco.

O argentino morava num dois-quartos com a sala atulhada de quadros e livros de arte. Era um pintor nas horas vagas, que nunca chegou a decolar como artista plástico. Sobrevivia mesmo era como diretor de arte, numa agência de publicidade. Chegara até a fazer um certo sucesso no setor, quando jovem, ou quando menos velho. A idade o pôs no banco: sem emprego e sem mercado.

Era constrangedor encontrá-lo todos os dias, no final da tarde, sentado e vago, na portaria do edifício, o rosto cada vez mais avermelhado pelo sol, metido numa bermuda e numa camiseta de mangas cavadas, que lhe ressaltavam os ombros troncudos e tão vermelhos ou mais do que a cara, um cigarro nos dedos, um medalhão de bronze pendurado no peito, um pé no banco e outro dentro de um chinelo, os olhos desolados, como se estivessem olhando para ontem, enquanto ele pensava na morte da bezerra ou sabe-se lá em quê.

Quando se cansava de ficar no banco, como um fantasma de si mesmo, ia encher a cara no botequim da esquina. Com o passar do tempo, teve que mudar de ponto, por achar que estava muito nas vistas da vizinhança, como se a mudança de quarteirão lhe desse a segurança de estar bebendo escondido. De caco cheio, repetia as mesmas histórias, para quem tivesse paciência de escutá-las. Quanto

Um Táxi para Viena d'Áustria 187

mais bebia, mais se enchia de um heroico orgulho, bafejado pela megalomania dos ébrios.

De que se orgulhava tanto?

De ter cursado a Escola de Belas-Artes de Buenos Aires. De ter conquistado um prêmio de revelação de artista aos dezoito anos. De ter sido um ativista político muito jovem, o que lhe obrigara a deixar o seu país, para escapar das perseguições. De ter atravessado a fronteira do Brasil clandestinamente, com um nome falso, que viria a adotar pela vida afora. Não, ele não se chamava Pablo. Foi o primeiro nome que lhe viera à cabeça, ao chegar à nossa fronteira. Em homenagem ao grande Pablo Picasso, sabe quem é? Mas nunca dizia para ninguém qual era o seu nome verdadeiro, por medo da polícia Argentina vir a localizá-lo. Orgulhavase. Bravateava-se: seus quadros tinham muito valor e um dia ainda ia ganhar muito dinheiro com eles. Podia até nem ser aqui, mas em Paris e Nova York. Pena que ele estivesse falando para um público que não comprava obras de arte. E os prêmios que ganhara como diretor de arte? Durante muitos anos fora considerado um dos melhores profissionais de publicidade do Brasil. Lembra daquela campanha assim e assado desta cerveja aqui que nós estamos bebendo? Fui eu que fiz.

— E agora o amigão aí não faz mais nada. Só bebe.

— Mas sou um artista, carajo. Vocês duvidam porque não têm capacidade para compreender o que é isso.

Um bêbado sacaneou:

— Quer saber de uma coisa, amizade? Com todo respeito: enfia sua arte no cu.

E outro, aproveitando o embalo:

— Sabe qual é o melhor negócio do mundo? Comprar um argentino pelo que vale e vender pelo preço que ele pensa que vale.

Pronto. Estava na hora de mudar de bar. Outra vez.

Rijo, troncudo, socado como um boxer peso médio, o argentino era casado com uma mulher uns dois palmos mais alta do que ele. E uns quinze anos mais nova. Que mulherão, sô. Uma mulata escultural, "for export", destas que levavam os cameramen & os espectadores ao delírio, no carnaval. Como se isso fosse pouco, ainda portava dois olhos verdes altamente perigosos, enlouquecedores. Tinham dois filhos, cada um mais bonito do que o outro. Puxaram à mãe, diziam patrioticamente os do prédio, que jamais admitiriam que a mistura do vermelhão com a mulata tinha dado certo. Evidências de que o nosso edifício não amava os argentinos.

Mas malícia mesmo (e bota veneno nisso) foi quando começaram a dizer que o argentino estava sendo sustentado pela mulher, que saía sozinha todas as noites, sempre muito produzida e deixando um rastro de um perfume ativíssimo à sua passagem. "Lá vai a overnight, para agarrar um gringo num hotel e arrastar ele para uma boate."

Pobre argentino. Além de fracassado, com fama de corno e gigolô, ao mesmo tempo.

Indiferente a tudo e a todos, ele continuava se revezando entre o banco da portaria e os botecos mais adiante. Cada vez mais longe, para evitar os olhos do prédio.

Levou mais ou menos um ano nessa vida, sempre dizendo que tinha um negócio em andamento, amanhã ia ter a resposta. Todo fim de tarde era a mesma coisa, a mesma perspectiva para o dia seguinte. E nada acontecia. Era aflitivo vê-lo sempre assim, parado, desolado, mas alimentando-se de falsas possibilidades e ilusões à toa, como num tango argentino.

Uma vez chegou a desabafar:

— Como é bom ter colegas de trabalho. É disso que eu sinto mais falta.

Depois ele sumiu do banco, para sempre.

— Vendeu o apartamento, pagou a conta do condomínio, que já estava muito acumulada, liquidou outras dívidas, dividiu o dinheiro que restou com a mulher e foi embora.

— E para onde ele foi?

— Para a Argentina.

— E a mulher e os filhos?

— Ficaram aqui no Rio. Mas não sei onde.

Segundo o porteiro, o argentino saiu na surdina, sem se despedir de ninguém.

E assim o prédio perdia um leitor de Jorge Luis Borges, Julio Cortázar e Roberto Arlt, o Arlt de *Os sete loucos*.

Alguém iria sentir a sua falta?

Agora o sonolento Watson Rosavelti Campos pensava: o argentino pelo menos teve um lugar para onde voltar. Fosse para trabalhar, para dormir ou para cair morto. E você, Veltinho? Seu pai e sua mãe já morreram, você nunca teve notícias de seus amigos de infância, vai ver foram todos embora, logo, o seu Rio Grande do Norte não existe mais. Aguente as pontas. Segure a barra. Aqui e agora.

Aqui e agora ele compreendia, finalmente, por que a solidão daquele argentino o perturbara tanto, durante todo aquele ano, e por que agora se lembrava dele, com uma intensidade igualmente incômoda.

Ele era você amanhã.

Isto é, hoje.

Na Rua

Nenhum olhar de desconfiança ou suspeita.

Tudo parecia normal. Familiar. Os mesmos manobristas, as mesmas donas de casa apressadas, com suas sacolas de compras, os mesmos biscateiros, os mesmos porteiros com seus radinhos de pilha aos ouvidos, o mesmo rapaz na cadeira de rodas, um que levou um tiro na espinha e ficou aleijado, dizem que ele estava envolvido com o tráfico de drogas, outros acham que não, foi azar mesmo, ia cruzando a rua quando um maluco atirou a esmo de uma janela, isso não é novidade em Copacabana, oh, Copacabana: os mesmos carros atulhando as calçadas, mas os velhos te adoram. Os velhos e os gringos. Copacabana is moving, vivid, exciting, explosive. Se não está explodindo, ainda vai explodir, como o avião do seu sonho de ontem à noite.

Mas por enquanto tudo parecia normal. Só uma certa tensão no ar. Ou era ele quem estava tenso? O que havia no ar era um cheiro desagradável, vomitante. Zé do Éter passou por aqui e já vai entrando no bar. Hoje ele extrapolou. Saiu à rua metido apenas numa cueca. Zé do Éter agora exibia o seu corpo sujo e monstruoso sem falsas cerimônias. Assim inchado, imenso, cheio de varizes e veias intumescidas, cabelos negros que há séculos não sabiam o que era um pente, barba enorme, tronco de orangotango, obscenamente despido, era como se ele fosse a prova de que o homem das cavernas ainda estava vivo e morando em algum buraco de Copacabana. Na entrada do bar, ele tocou de leve a sua manopla no ombro de uma mulher, que se esquivou, com um gritinho histérico, e saiu apressada. Apavorada. Como se acabasse de ver o diabo em pessoa. Ou uma barata. Dá-lhe, Zé do Éter. Ele só queria pedir um trocado, como sempre. Todo mundo sabe que o nosso pré-histórico King Kong é inofensivo. Anda em cuecas porque nunca toma banho e não aguenta o calor. Mas quem suporta o seu cheiro? E olha ele dando mais uma cheirada num molambo encharcado de éter.

Uma ideia: levá-lo à casa de Cabralzinho.

E assim mesmo, do jeito que ele estava, sem banho nem vestes.

Em outros tempos J. G. Cabral se orgulhava de escrever sobre a vida, "como ela era". Autoproclamava-se um escritor das ruas, e não dos gabinetes refrigerados. A ele, pois, este presente: um personagem de carne, osso e lodo. Será que Cabralzinho vai tapar o nariz? Iria mandá-lo tomar um banho antes, com bucha, escovão de limpar latrina, sabão

Um Táxi para Viena d'Áustria 193

de coco, detergente, shampoo e creme rinse? Suas narinas teriam ficado mais delicadas, mais sensíveis?

Entreter-se com os circunstantes era muito melhor do que ficar encafifado com os seus próprios assuntos, que já o estavam deixando paranoico. Aquela coisa de sentir-se vigiado, sempre achando que os olhos da rua percebiam que ele ia e vinha a toda a hora, lá vai o malandro, de que vive esse cara, alguma ele deve estar aprontando, coisa boa é que não é. Também procurava deixar por menos, para não enlouquecer de vez: "Fique frio. Você é apenas mais um que passa, quem disse que alguém está preocupado com isso? Vai ver a preocupação é só sua."

Cabralzinho e Zé do Éter: uma dupla da pesada.

Um já esteve louco, com direito à sua estação no inferno, onde chegou dentro de uma camisa de força — e do qual saiu não se sabe por que milagre.

O outro era manso. Andava pelas ruas sem coleira, carregando um saco de lixo, cheio de copos plásticos vazios.

— Cabralzinho, não quero ser você ontem. Zé do Éter, não quero ser você amanhã.

Mas bem que ia ser engraçado pôr um diante do outro e gravar o papo. Anotar as reações. Observar os gestos e movimentos dos dois. Zé do Éter toparia esse encontro, a troco de umas cachaças? E como Cabralzinho iria recebê-lo?

— Amigo, trouxe um presente para você. Um mendigo psicológico.

— Mendigo psicológico? O que é isso?

— Produto da civilização. Do desenvolvimento.

— Continuo sem entender.

— Mendigo psicológico você encontra muito em país adiantado, onde há pessoas que caem na mendicância por opção, por prazer, e não por necessidade. Este que eu trouxe para você...

— Eu estava esperando *você*, e não você e um mendigo. Por que não telefonou antes, avisando sobre a sua bela companhia?

— Não deu tempo. Desculpe. Só tive a ideia quando já estava a caminho.

— Isso não se faz, porra. Hummm. Que sujeito mais fedido.

— Calma. Não fique nervoso. Considere as possibilidades. O meu amigo aqui tem uma história que pode fazer você ficar rico.

— Está me achando com cara de explorador de mendigo?

— Você pode dividir a grana com ele. E aí vai ser um bom negócio para os dois.

— Dos meus negócios cuido eu. Quero mais é um lenço perfumado. Tem um aí?

— Não vou negar. O homem fede mesmo. Fede pra caralho. Mas tem uma história e tanto. Custa alguma coisa

Um Táxi para Viena d'Áustria 195

você escutar? Pode ser o best seller da sua vida, para você nunca mais precisar de uma bolsa para sobreviver como escritor, nem de qualquer outra esmola do gênero.

— Ai, que fedor. E você aí ainda fazendo os meus ouvidos de penico.

— Continuas o mesmo. Mais teimoso do que uma mula.

— Mula, eu? E você, o que é? Empresário de mendigo?

— Cabralzinho, meu irmão, nem tudo é o que parece, você sabe. Este mendigo que está te causando tanta repugnância é, na verdade, um príncipe.

— Um príncipe encantado?

— Não sacaneia.

— O sacana sou eu! Então, tá.

— Escuta, Cabralzinho. Ouve a história dele. É cheia de lendas e mistérios. Dizem que ele nasceu num berço de ouro. Teve babás que lhe passavam talquinho e uma mãe que lhe perfumava. E um pai que lhe financiou uma educação, digamos assim, superior. Teve de tudo... do bom e do melhor. Sabonete, banho e roupa bacana, então, era o que não lhe faltava. Muito menos dinheiro. Por que veio a se transformar num mendigo? Contam muitas histórias, mas ninguém sabe qual é a verdadeira. Aí é que está o encanto.

— Chama logo o caminhão do lixo para desencantar esse cara daqui.

— Pera aí. Escuta. Dizem que um dia ele foi corneado pela namorada, tomou um pileque homérico e, ao chegar em casa, caindo de bêbado, tocou fogo em tudo, matando toda a sua família. E aí ficou desse jeito. Virou um mendigo psicológico.

— Então leva ele a um psicólogo. De preferência, em Paris.

— Por que em Paris?

— Não dizem que lá ninguém se incomoda com quem não toma banho?

— Mas lá até um mendigo pode comprar um vidro de Chanel nº 5, imagino.

— Não me fale em perfume. Este fedor está me empesteando e me deixando louco, muito mais louco do que já fui, debaixo dos eletrochoques. Por acaso você soube disso? Se preocupou com isso? Me visitou alguma vez, lá no hospício? Ao diabo com o seu mendigo. Com licença, vou vomitar.

— Se quiser vomitar, vomite, senhor. Você não estará vendo mais do que a sua própria cara.

Silêncio.

— Tá vendo, Zé do Éter? Nem um intelectual aguenta o seu cheiro. E ainda dizem que só os intelectuais gostam de miséria.

— Me dá um dinheirinho aí.

Zé do Éter pega a nota que lhe é passada, olha-a, pensa, reflete, como se conferisse o seu desvalor, mas não protesta. Dobra a nota e fecha a mão, com firmeza. Medo de ser roubado? Ele sorri.

Um Táxi para Viena d'Áustria

E diz:

— Uma tempestade está soprando do paraíso. Ela se prendeu nas asas de um anjo, com tanta violência, que ele não pode mais fechá-las. A tempestade o impulsionou irresistivelmente ao futuro, para o qual as suas costas estão voltadas, enquanto uma pilha de lixo diante dele cresce na direção do céu. Essa tempestade é o que chamamos de progresso.

— Que coisa bonita, Zé. Continue.

— Era só o que eu tinha a dizer. Obrigado pelo trocado. Que mixaria, hein? — e sorriu outra vez.

— Eu não disse que ele era um anjo?

— Não. Você disse que ele era um príncipe.

— Agora digo que é um filósofo.

— Daqui a pouco você vai dizer que ele é um novo Messias ou o Anticristo.

— E você, o que é que diz?

— Agora estou confuso. Já não sei se se trata de um aluno de letras da Universidade Federal do Rio de Janeiro, ou de um personagem de O. Henry, um que era chegado a mendigos requintados. Mas para confirmar isso ele tinha que ter dito a frase célebre: "Eu e a mais diminuta moeda somos perfeitos estrangeiros." Mas esse fedor... puta que pariu!

— Cheira um pouquinho de éter que isso passa.

— "Mendigo psicológico!" Essa é boa.

— É o progresso.

Antônio Torres

— Ou um falso mendigo.

— Você também já fez muitas coisas falsas, não?

Entre verdades e mentiras, o ônibus rola e a tarde gira. Já estava perto do ponto, sentindo os pés estourados, de tanto andarem. Agora ele caminhava devagar, enquanto o resto da humanidade corria. Corria para o ônibus, para os supermercados, para o trabalho, para a praia, corria na praia, os carros corriam, as pessoas corriam, "correr, correr obstinadamente por uma espécie de flagelação linfática", lera isso num livro, que dizia também que "todo o mundo corre porque se perdeu a fórmula para parar".

Parou no ponto do ônibus, lembrando-se do tempo que tinha carro. Vendera-o para juntar mais dinheiro ao bolo de suas reservas. Talvez tivesse se precipitado, dissera-lhe a mulher. Talvez. Mas para que desempregado precisava de carro? Só necessitava de pernas, para andar na praia e subir os degraus da porta de um ônibus, de vez em quando. Daqui a pouco iria estar comendo um carro. Era o preço da sua desservidão involuntária. Ou o começo de uma solidão voluntária. E quando o dinheiro do carro também acabasse?

Pegou o ônibus no sentido de Ipanema, deixando o seu príncipe-mendigo para trás. Um príncipe louco o aguardava. Ou ex-louco, isso ele iria saber agora. Pensando bem, era melhor não levar o Zé do Éter, podia ser apenas uma brincadeira de mau gosto. Além do mais, o porteiro não

Um Táxi para Viena d'Áustria 199

iria deixá-lo entrar. Fedido daquele jeito e ainda de cueca, imagine. Mas que ia ser engraçado, isso ia. Um personagem de presente para um autor em baixa criativa. O que o levava a supor que Cabralzinho andava sem inspiração? Vinte e cinco anos sem publicar nada. Ou estaria ele com as gavetas abarrotadas, trabalhando em silêncio, por uma simples estratégia de marketing? Tomara que seja isso. Pessoalmente, preferia que fosse.

Loucos, príncipes e mendigos comem carro?

Chegando Lá

Desceu na praça General Osório, pensando: Ipanema é mais azul do que Copacabana. Os seus prédios são mais baixos. Aqui ainda dá para se ver o céu. Só restava saber se isso o faria mais longe ou mais perto de Deus. E, se Deus existisse mesmo, iria mandar prendê-lo, por vadiagem? Andar sem pressa enquanto todos correm — eis um pecado mortal.

E ele ainda ia ter que andar um bocado até o endereço do seu amigo. O que significava: que ainda dispunha de tempo — para pensar. Por que pensava tanto? Porque os japoneses...

Andando e pensando: o caminho se faz ao andar. E lembrando do tempo em que aquela praça era muito mais agradável, sem os tapumes das obras do metrô entravando os transeuntes e enfeando o pedaço. Pensando nas tramoias por trás dos tabiques, e no golpe publicitário das obras, que só serviram para molhar as mãos dos construtores que deram grana para a campanha eleitoral do governador e agora estão aí, paradas, enfeando a praça. Pensando: e ninguém chia. Ipanema, o metro quadrado de terreno mais caro do que o de um castelo na Inglaterra, só protesta contra os camelôs que favelizam suas ruas e contra a presença de negros em sua praia. Para o resto parece nem estar aí.

— Por favor...

Assustou-se com a voz repentina que o interrompia, fazendo-o deter o passo. E o pensamento.

— A senhora falou comigo?

— Sim, meu filho.

Sentiu a pele dos braços estremecer. "Meu filho." Há quantos anos ninguém o chamava assim?

— Pois não?

— Como é que eu faço para ir à Confeitaria Colombo?

— Fica em Copacabana.

— Eu sei.

— A senhora vai ter que pegar um ônibus. Venha comigo que lhe deixo no ponto, ali na Visconde de Pirajá.

— Mas eu queria ir a pé.

— É um bocado longe.

— Não faz mal. Quero andar um pouco. Ver as ruas. Passo o tempo todo ali, olhe (apontou para um prédio), trancada. Minha filha não me deixa sair. Diz que não estou mais em idade de andar pelas ruas, que são perigosas, é o que ela acha. Mas dei uma fugidinha. Não vou passar o resto da minha vida presa num apartamento.

Um Táxi para Viena d'Áustria   203

— A senhora quer ir pela praia ou por dentro?

— Por onde tiver mais gente. Quero ver gente. Movimento.

— Então venha comigo. Depois eu digo como a senhora deve seguir.

— Obrigada, meu filho.

— De quê?

— É tão raro encontrar alguém que tenha boa vontade para dar uma informação!

— A senhora acha isso?

— Acho, não. Tenho certeza. Sabe quantos anos eu tenho?

— Uns setenta, talvez.

Ela riu.

— Pois já tenho oitenta anos.

— Não parece. A senhora está ótima.

— Obrigada.

A boa senhora seguiu com ele, falando pelos cotovelos. Devia ter passado muito tempo mesmo enclausurada. Por que a filha a mantinha presa? Será que a velhinha era louca? Se era, não tinha cara disso. Parecia uma pessoa perfeitamente normal. Falava com naturalidade. E estava longe de ser uma chata. Muito pelo contrário. Era uma excelente companhia.

E, decididamente, ela não tinha o menor receio ou vergonha de conversar com um desconhecido, mas sempre com uma desinibição natural, calma, nada afetada:

— Não sou daqui, da zona sul. Passei toda a minha vida na zona norte. Mesmo depois que meu marido morreu, continuei lá, por muitos anos. Até a minha filha achar que eu estava ficando velha e que não podia continuar morando sozinha. Tanto insistiu que acabou me trazendo para morar com ela. Relutei muito, sempre pensando que boa romaria faz quem em sua casa está em paz. Um dia acabei cedendo. Ela é uma boa filha, sabe? Só que vive tão apavorada, coitada. Morre de medo de tudo. Do trânsito, de assalto, da violência. É por isso que ela nunca me deixa sair sozinha. Hoje vai ter um chilique, quando souber que dei uma fugida. Bobagem ela se preocupar tanto. A gente só morre quando chega a hora. E já estou na idade de me divertir, você não acha?

— Acho.

— Você acha isso mesmo, meu filho?

— Claro. A senhora tem mais é que aproveitar...

— ...o tempo que ainda me resta — completou, com um sorriso maroto. — Que adianta ficar com medo de viver? Veja o caso do meu finado marido, que Deus o tenha. Ele só trabalhava e juntava dinheiro, na esperança de um dia poder gozar a vida. Pobre homem... que ele me perdoe dizer isso agora. Mas veja como são as coisas. Um dia ele chegou em casa, todo animado, e me disse: "Mulher, acabou. Não quero mais saber de trabalho. A partir de hoje, vou aproveitar, vamos nos divertir. Para começar, vamos fazer um cruzeiro pelas ilhas do Caribe.

Um Táxi para Viena d'Áustria 205

Olhe aqui as passagens. Pode começar a arrumar as malas. Partimos semana que vem." Dois dias depois de estar em casa, sem fazer nada, ele começou a passar mal. Morreu antes do médico chegar.

— É, tem muita gente assim. Se parar de trabalhar, morre.

— E você, meu filho, trabalha muito?

— Não, senhora. Graças a Deus, atualmente não faço nada. Nada vezes nada.

— É mesmo? Mas isso é muito bom. Continue assim, se quiser viver muito.

— Sábio conselho. Nunca vou me esquecer disso.

— E não esqueça mesmo.

A esta altura ele já tinha passado, e muito, do prédio aonde ia, pois já estava na entrada da Francisco Sá, na boca de Copacabana, orientando a velhinha:

— Está vendo lá embaixo? Passe a primeira rua e vá em frente. Quando chegar à segunda, dobre à esquerda. Lá da esquina até a Colombo a senhora vai ter que andar muito ainda. Uns sete a oito quarteirões.

— Não faz mal. E muito obrigada.

Incrível. Aquela senhora tinha sido a primeira pessoa, hoje, com quem havia trocado algumas palavras. Havia se transformado num homem calado, só conversando, o tempo todo, consigo mesmo, se perguntando e se respondendo, se respondendo e se perguntando. Se passasse muito tempo assim, iria acabar perdendo a fala. Por que não acompanhara a boa velhinha até a Confeitaria Colombo? Ela era uma companhia tão agradável! Poderiam tomar um chá com torradas e mel, juntos. E depois poderiam se dar as mãos, como namorados, para ir a um cinema ou a um teatro. Poderiam fazer muitas coisas, ótimas coisas. Dançar, por exemplo. E depois... um motel. Por que não? Ela estava com oitenta anos, mas ainda tinha muita vontade de viver. Velhinha legal. Surpreendente.

A boa senhora fizera o homem calado falar. Agora ele se sentia um ser humano civilizado, normal. Viável. Cheio de bons sentimentos. Mesmo que já estivesse pronto para ir para o inferno, pelo menos chegaria lá sabendo que ser velho não era tão ruim assim. Pior era o purgatório da meia-idade, da Era Grisalha, engolindo em seco o medo de viver. O que lhe dissera a velhinha de tão importante? Viva! E deixe viver. O resto não importa. Ou: o resto é festa. Poder ir da praça General Osório, em Ipanema, à Confeitaria Colombo, em Copacabana, a pé, já é um grande barato.

O homem calado sorriu. E lembrou-se do seu pai. Ele também era um homem calado, mas por motivos diferentes. Poucas palavras, nenhum riso, muito siso. Calado por natureza. Vai ver fora a disciplina militar que o deixara daquele jeito. Ou o medo de se trair e revelar os seus delitos. Seu pai: o grande motivo para nunca mais ter pisado na terra em que nascera, aquele remoto Rio Grande do Norte.

Um Táxi para Viena d'Áustria   207

— Lá vem o filho do milico corrupto.

— Quem era mesmo o pai dele?

— Não se lembra? Aquele trapaceiro que foi expulso da corporação e não se emendou. Quando todo mundo pensava que o safado tinha se regenerado, eis que ele é apanhado no meio de uma plantação de maconha. Aí ele foi preso. E acabou morrendo na prisão.

— Então ele era um pé de chinelo.

— Por quê?

— Milico corrupto só vai em cana se não tiver patente.

Era verdade. Nunca mais pusera os pés no Rio Grande do Norte. Mas, também, do que se lembrava de lá? Quase nada. A infância entre Natal e uma casa no campo. E o que mais? O vento de Natal. Os alísios. Assoviando nas árvores. Cantando nos telhados. Embalando os seus sonhos de menino numa rede. Balançando — pra lá e pra cá. Só isso. E nada mais. Não voltou lá nem quando recebeu a notícia de que a sua mãe havia morrido. Que diferença fazia ir ou não ir? Sua mãe estava morta e enterrada. Que descansasse em paz. Mandou algum dinheiro para a sua tia que lhe escreveu "cumprindo o doloroso dever" e informando que fora ela quem havia cuidado do enterro. Enviou-lhe também uma carta de agradecimentos, por tudo. Saber que sua mãe não havia morrido sem ninguém por perto aliviava um pouco a sua dor. Sua tia que ficasse com todas as coisas dela. Era justo. E isso era tudo. Tudo o que ele podia fazer.

Ao fechar a carta, pensou: "Agora sou um brasileiro como muitos. Sem pai nem mãe."

Se estivesse viva, quantos anos a sua mãe teria agora? Oitenta, como a velhinha que lhe chamou de "meu filho"? Não se lembrava. Também não fazia a menor ideia do dia e do ano em que seu pai havia nascido. Estranho, não? Seria isso um atestado de mau antecedente filial? Paciência. Não se lembrava e pronto. Que fazer? Só lamentava uma coisa: não ter conhecido seu pai direito. Era muito pequeno, naquele tempo. E o seu pai era tão calado!

Mas devia ser bom ter pais vivos, para visitá-los de vez em quando, pegando um grude de mãe, ouvindo uma lorota de pai, todo mundo dando risada, numa boa. E ainda ser chamado de menino. Claro, para os pais os filhos nunca crescem. Antigamente, pelo menos, era assim. Agora já não sabia. Como sabê-lo, se não os tinha?

Watson Rosavelti Campos, filho de mãe honesta e pai corrupto, assassino potencial, embora ainda não saiba disso, chega, finalmente, ao prédio da sua vítima, uma construção vetusta e desbotada, como se fosse uma nódoa no luxo blindado de Ipanema, fazendo um bico sobre um bar de esquina, cuja testa dá para um largo onde as ruas Gomes Carneiro e Canning deságuam na Visconde de Pirajá. Ao lado do bar, uma banca de jornal. Entre o bar e a portaria do edifício, uma casa de doces. Três degraus separam a calçada da porta do prédio, que é de vidro, porém

Um Táxi para Viena d'Áustria 209

protegido por grades de ferro. Nenhum porteiro à vista, nem eletrônico, nem de carne e osso. Olha em volta. Tudo normal. Ninguém a vigiá-lo. Em vez de tocar a campainha, à sua direita, para chamar o porteiro (deve estar puxando uma pestana ou tomando uma no bar), instintivamente empurra a porta, que se abre facilmente. Algum apressadinho devia ter esquecido de batê-la direito, deixando-a apenas encostada. Fosse no edifício da filha da velhinha de ainda há pouco, esse porteiro ia levar o maior esporro. Como bem disse a boa senhora, a filha dela morria de medo de assalto, violência, essas coisas. (Seria ela uma solteirona encalhada, que inconscientemente desejava que um negão desmarcado arrombasse a sua porta e a estuprasse? Ou era com o rude cowboy da propaganda do Marlboro que ela sonhava?) O elevador também estava à sua espera. Tudo limpeza, meu caro Watson. Bastava abrir e entrar. Só que era uma geringonça do tempo das tartarugas. Uma peça de museu. Cabralzinho continuava o mesmo. Folclórico até para morar. Impaciente com a lentidão do elevador, esfrega as mãos. Sente um suor frio, gelado. Nervosismo? Ansiedade? Só porque, finalmente, ia ter com quem conversar uma tarde inteira?

Ensaiou a primeira frase, a ser dita com entusiasmo, calor, emoção:

— Mas que prazer!

Não Acredito!

Do lado de fora um toque na campainha.

Do lado de dentro, um olho no olho mágico.

Uma porta se abre.

Venha de lá esse abraço.

E nos dissemos todas aquelas coisas que dizem todos os amigos. Vasto é o repertório de lugares-comuns, para os encontros incomuns.

Ele até me chamou de Sherlock. Como vez ou outra me chamava, antigamente, brincando com o meu nome de Watson. Prova de que não havia me esquecido. E depois disse e aí, Velti? Como você está, Veltinho? Há quanto tempo, hein?

Mas ontem à noite eu te vi na tevê.

E sorrimos e nos calamos, como se não tivéssemos mais nada a fazer.

Apenas nos olhávamos. Suspirávamos. "É."

E depois de algum tempo assim, voltamos a conversar.

Aquela coisa: você não mudou nada. Só está um pouco grisalho.

Você também. Só um pouco mais gordo.

(Picas. Inchado. Na cara e no meio. Braços e pernas — uns cambitos. Ele de camiseta e bermuda, como se não fizesse questão de esconder.)

Disse que ia fazer um cafezinho, aceita? (Talvez quisesse se movimentar um pouco, para mudar o clima, quebrar o gelo.) Era a única coisa que tinha para oferecer. Não estava podendo beber. Ordens do torturador — disse *meu* torturador. Não tinha bebida em casa para não cair em tentação.

Não, obrigado. Café dá vontade de fumar. Fumar dá vontade de beber. Hoje eu decidi que vou parar com essas coisas, antes que um torturador...

É a melhor coisa que você faz. Se eu tivesse parado há mais tempo...

Desviei meus olhos dos seus olhos. Com medo de saber o que tinham a me dizer. Inevitável foi a nota solene do seu suspiro.

Uma sala sóbria. Sombria.

A tarde está uma beleza, eu disse.

Baixei as persianas por causa do sol nos tacos, ele respondeu. O sol aqui bate forte, de frente. Estraga tudo.

Alfarrábios sobre a mesa. Pastas. Livros. Recortes. Papéis. Tudo em torno de uma velhíssima máquina de escrever. Pilhas de jornais no chão. Não devia mais varar as madrugadas colando matérias sobre si mesmo, como antigamente. Devia agora recortar as notícias que interessavam para o seu trabalho em andamento. Não perguntei sobre isso. Naturalmente, ele ia acabar falando. Ou então não se chamava J. G. Cabral. Meus olhos procuram uma mulher. Nem sombra. Aliás, isso dava para se notar, logo de cara. Faltava naquela casa um certo toque... como dizer? Bom, essa falta era visível.

E teu filho?

Esse vai muito bem.

Já deve estar um homem-feito, não?

E como! Está trabalhando num banco, na Suíça. A mãe dele, você deve se lembrar, foi pra lá quando me deixou. Sorte dele. Lá um gari ganha mais do que um Ph.D. aqui.

Mas também a vida é mais cara.

E de melhor qualidade.

Mas quantos anos eles têm na nossa frente? E quanto dinheiro nosso e do mundo inteiro não tem enterrado lá?

É verdade. Mas será que isso justifica um Ph.D. brasileiro ganhar menos do que um gari na Suíça?

E olha que é só um exemplo, entre milhões.

Vamos mudar de assunto, senão vou ficar mais doente do que já estou.

Ele ia acabar chegando lá, de uma maneira ou de outra. Doença. Não! Eu já tinha muito com que me preocupar. Poupe-me dos seus próprios tormentos, companheiro. Por favor.

Perguntei por amigos do nosso tempo e achei horrível esse "nosso tempo". Era como se já estivéssemos mortos. Tem notícia do poeta, aquele louro e alto, que você chamava de Ievtutchenko dos pobres ou coisa parecida? Ele achava que você o sacaneava porque tinha inveja do sucesso dele com as mulheres.

Ah, aquele cara! Um bobo. Mas acabou virando um espertinho. Se casou com uma fábrica de chocolate, no estado do Espírito Santo. Aí, em vez de versinhos, passou a escrever slogans para vender bombom. Deve ter ficado gordo como um porco. Mas com o rabo cheio de grana.

Também faço slogans e coisas afins e nem por isso...

Quem mandou você não se casar com uma fábrica de chocolate? Por falar nisso, você se casou?

Sim. Casado, pai de dois filhos e na street.

Brigou no trabalho?

Não. A empresa faliu.

E agora?

Estou me dando um verão de presente. Cara, como é bom não fazer nada.

Surpreendente.

O quê?

Ouvir isso de você, que era tão certinho...

Você não acha que estou melhorando?

Ri. Ele também riu. E disse ai. Ai, ai, uhhh. Ui!

Desviei os olhos. Foi aí que vi a arma sobre a mesinha ao meu lado esquerdo. Estirei o braço e peguei a arma, para me

Um Táxi para Viena d'Áustria   215

ocupar com alguma coisa. Primeiro Cabralzinho falou em
doença. Agora tinha soltado um gemido. Longo. Profundo.
Coisa séria. Me deu vontade de ir embora logo. Não, aquele
cara não era o mesmo que eu tinha visto ontem à noite
na tevê. Aquele programa de ontem devia ser antigo. É,
só podia ter sido uma reprise. Do jeito que estava, ele não
teria aguentado uma hora diante das câmaras. A não ser
que ele estivesse começando a se sentir mal. Mas por que
havia falado em doença? A coisa não era de agora, assim
de repente. Seu aspecto não era bom.

Ai, começou outra vez.

Olhei para ele. Sua cara não era nada animadora. Tornei
a desviar os olhos, concentrando-me na arma, cuja coronha, cheia de talhes rococós, parecia uma obra de arte. Era
uma velha pistola de dois canos. Pistolet Central Brezilien.
Incrível. Ainda dava para se ler a marca. Ou era o nome
do fabricante?

Interessante essa pistola, hein, Cabralzinho?

Achei isso em Goiás, há muito tempo, ele disse e gemeu
de novo.

Pensei em quantas pessoas aquela arma já tinha matado.
Mas agora era apenas um objeto decorativo, imaginei.

Seu amigo está mal. Cabralzinho disse isso e se jogou
no chão. Ficou de quatro e urrou.

Quer que eu chame um médico? Em que posso te
ajudar?

Em nada. Não adianta chamar médico. Já estou completamente dopado. E a dor não passa. Será assim a dor do parto? Bom, como é que você vai saber?

Eu não podia ir embora. Tinha que aguardar mais um pouco. Mas pra fazer o quê? Esperar que ele desse sinais de recuperação. Não seria melhor levá-lo para um hospital?

Respondeu-me com um peremptório não.

Levantou-se. Deve estar melhorando, pensei. Engano. Agora estava pior do que antes.

Levou a mão à barriga e disse que dor mais filha da puta.

E desatou a falar, falar, falar, como se delirasse.

Eu já conheci o sucesso e amarguei o fracasso, mas nada é pior do que isso, ele disse. Queria morrer de repente, ou dormindo ou de uma bala à toa, porque nada é pior do que isso.

Tenho dez livros na gaveta, que ninguém publicou e agora não adianta mais publicá-los, porque aqui somos o tempo todo atropelados pela realidade, não dá para planejar nada, estamos em guerra, há uma guerra nos morros, há uma guerra no campo, há uma guerra nas ruas, mesmo que ninguém queira perceber, estamos em guerra, mas ela não é pior do que isso.

Já minguei de fome, gemi no pingo da gonorreia, tremi na picada da penicilina, chafurdei no relento, mas nada é pior do que isso.

Estou vendo homens armados descendo do céu de paraquedas, eles estão vindo para a guerra, vai ser uma carnificina, mas não estou com medo. Nada é pior do que isso.

Um Táxi para Viena d'Áustria   217

Já caí bêbado pelas sarjetas, já peguei de pó, de pico e de eletrochoque, já corri da polícia, já fui em cana, mas nada é pior do que isso.

Levantou a camiseta. Com força. Com fúria.

E disse olhe essa barriga, ela fala por mim.

Juro que vi e ouvi. A barriga inchadona dele falou. Começou baixinho e foi num crescendo dói, dói, dói, dói, DÓI.

Não aguentei. Apertei o gatilho. Pois não é que a Pistolet Central Brezilien tinha bala?

Pau. Um tiro bem no centro da barriga falante.

E vi sua cara estatelar-se e eu disse aguente firme, daqui a pouco você não sentirá mais dor nem horror. Será o alívio eterno.

E antes que ele se estrebuchasse no chão, mandei o outro balaço. E como ele já ia caindo devo ter errado a mira — era na barriga que eu queria acertar de novo. Mas a segunda bala parece que pegou bem perto do seu coração, porque ele não demorou muito tempo para acabar de morrer. Se as duas balas tivessem atingido só a barriga, talvez levasse uns quarenta minutos.

E aí surtei. E comecei a gargalhar e a dar pulos. Acertei, Cabralzinho, eu disse. As duas! Nunca peguei numa porra dessas antes. Nunca tinha dado um único tiro em toda a minha vida. E acertei os dois. Isso é demais, Cabralzinho. O máximo.

Depois me lembrei que tinha que dar o fora. Agora era um assassino, um criminoso. Tinha que dar no pé. Mas o que fazer com a arma? Deixar na mão dele, simulando um suicídio? Outra saída — correr para a cozinha, procurando a cesta do lixo. Lá estava. Enfiei a arma bem no meio dos restos de comida, papéis e embalagens plásticas. Amarrei o saco de lixo. Ainda na cozinha, peguei uma toalha de papel, para encobrir o trinco da porta. Aquelas coisas que a gente vê nos filmes, sobre impressões digitais, saca? E me mandei, batendo a porta. Depois foi só jogar o lixo na lixeira e descer pelas escadas, pensando: quando descobrirem o presunto, esse lixo já estará longe.

E mais longe ainda vai estar o autor do crime.

Muito Longe Mesmo
de Viena d'Áustria

Longe é qualquer lugar perto do paraíso.

E no entanto acabo de cruzar com Deus, que passou por mim dentro de uma nuvem. E Ele é mesmo muito bonito, divino, maravilhoso. E havia uma aura, um halo de luz e cor, a cercar a Sua imagem de Deus. E eram todas as cores do arco-íris. E Suas melenas eram longas e brancas. E Suas vestes também eram longas e brancas e imaculadas. E Seu rosto apolíneo e beatífico. E Seu olhar sublime e sábio, cheio de bondade. E Ele parecia um Homem feliz. Mas passou depressa e não respondeu ao meu aceno. E então tive certeza de que se tratava mesmo de Deus. E depois percebi que Ele passava sentado num piano. E que movia os Seus longos braços e mãos como se regesse uma orquestra. E quem pilotava o piano era ninguém menos que Wolfgang Amadeus Mozart. E se reconheci Mozart imediatamente foi graças àquele mesmo traje que ele usa há duzentos anos. E

220   *Antônio Torres*

pela cabeleira empoada e a clássica risadinha. E isso parecia coisa de cinema. Claro, eu estava sonhando. E lembrando o que me disse outro dia um poeta chamado Ovídio, num bar do Leblon:

— A arma que eu queria era uma nuvem.

E como achei esse papo muito louco, paguei a conta e fui embora. E agora eu acho que estar nas nuvens mesmo é quando você pega numa Pistolet Central Brezilien.

Eu também não queria uma arma. Queria asas.

Para ir além do arco-íris.

Cheiro de pólvora e combustível. Pólvora nos meus dedos, nas minhas narinas, nos meus poros. É como estar engarrafado no maior túnel do mundo, entre um tiroteio e um incêndio. E eu sonhando com flores e lenços perfumados.

Buzinas, sirenes, vozes, gritos. Estridências nos meus ouvidos. Alguma coisa aconteceu, está acontecendo ou vai acontecer. Não pode ser Viena. Lá não acontece nada, desde que Mozart morreu.

Atenção!

Ruído de motor ligando. Cheiro de álcool e gasolina. E eu sonhando com um banho. Acho que é agora, sim, tem que ser agora, toca em frente, vruuuuuu! Estou levantando voo, aquele abraço.

Não! Estou acordando.

Um Táxi para Viena d'Áustria

Mas ainda não sei se estou partindo ou chegando.

Pergunto ao motorista quanto é a corrida.

E ele responde que não é nada.

Como gostaria de saber qual a razão da gentileza, ele aponta para o taxímetro. A bandeira nem sequer havia sido arriada.

— Não chegamos porque não partimos — ele esclarece, na mais perfeita lógica lusitana.

Eis um gajo honesto, penso. Uma ave rara.

E só então ele me pergunta para onde quero ir. Respondo que para lugar nenhum. Minha resposta deixa-o intrigado. Deve estar me achando maluco.

— Muito obrigado. E desculpe qualquer coisa.

Digo isto passando-lhe uma gruja, pela cama, quer dizer, pela guarida. Ele podia querer me roubar. Mas não fez isso. Incrível.

Atenção, ainda estou em frente ao local do crime. Se quiserem me prender, aproveitem. Será um favor.

Começo a andar. Calmamente. Sem oferecer a menor resistência. Não estão vendo?

Talvez o melhor a fazer seja voltar para casa, para minha prisão domiciliar de sempre, e ficar lá mofando enquanto espero que o telefone toque e uma voz do outro lado diga que pintou um emprego. Olha eu sonhando de novo!

Mas já estou contornando a esquina e pegando a direção da praia. Pisando em caco de vidro. Nada, porém, vai me impedir de ver o pôr do sol à beira-mar. Tanto mar, tanto mar. Belos crepúsculos. O Rio é tão bonito que chega a dar raiva.

Há qualquer coisa aqui que faz perder a cabeça.

Deve ser o excesso de luz.

Luzes e cores que se fundem nos meus olhos embaçados e se propagam, banhando edifícios, calçadas, ruas, automóveis, pessoas. E se derramam para dentro de um lugar muito escuro, onde inutilmente tento me esconder.

Agora tenho vontade de correr, correr, correr. Como um atleta, um louco, um bandido. Mas não. Vou andar por aí, bem devagar, vestido de luz, embriagado de luz, e chegar ao topo da montanha mais alta que houver, para ficar mais perto do céu. Até que venha uma nuvem e me leve para um lugar tão longe que nem Deus sabe onde fica.

Este livro foi composto na tipologia Goudy Old
Style BT, em corpo 12/16, e impresso em papel
off-white no Sistema Digital Instant Duplex da
Divisão Gráfica da Distribuidora Record.